▼ 목련꽃 부케

▼ 당신을 이제 불러 봅니다. '다알리아'라고

 당신, 참 아프다, 볼 때마다

▼ 해바라기 당신

다알리아 에스프리

詩 에세이집

다알리아 에스프리

정
여
운

지혜

작가의 말

십 년 이상 잠자던 자식들을 깨웠다
디스켓 안에서 컴퓨터 안에서 서랍 속에서
깊이 잠자고 있던 나의 분신들
미처 피우지 못한 꽃봉오리들,
버리고 부수고 달래서
끝나지 않은 이야기를 간추린다

수필로 등단한 지 십 년이 되었으나
그동안 수필집 한 권 내지 못했다
시에 매료되었고 시에 몰입하였다

첫 에세이집을 묶으면서
짧고도 긴 나의 여운을 느껴보았다
기억의 편린들이 책 한 권을 만들었다
긴 어둠에서 견뎌냈으니 잘 발아하기를

2023년 여름
광명 기형도문학관에서 정여운

차례

1부 다알리아 에스프리

2부 무쇠솥의 밥 한 숟가락

3부 목숨 한 잎

4부 별들의 목소리

5부 그녀의 미국 여행기

1부
다알리아 에스프리

다알리아* 에스프리

지난여름, 장마는 길었다. 녹슨 철 대문이 비바람에 저절로 여 닫혔다. 그녀는 대문을 밀고 마당으로 들어섰다.

긴 장마에 마당은 잡초가 무성했다. 허리까지 오는 풀들이 바 람에 서걱대고 있었다. 집은 여느 때와는 다른 기운이 감돌았다. 일주일 만에 찾아온 집이 폐가처럼, 유령의 집처럼 느껴졌다. 그 녀는 잡초를 옆으로 뉘며 마당을 가로질러 현관 앞에 섰다.

"엄마, 저 왔어요."

인기척이 없었다. 여느 날 같으면 문을 열고 "그래, 우리 딸 오 나?" 하며 반색할 텐데 조용했다. 매일 화분을 만지고 화단에서 꽃을 키우고 집을 가꾸던 노모는 어디로 갔을까. 폭우에 쓰러진 꽃처럼 몸져누우셨나.

일주일 전, 그녀의 아버지가 갑자기 피똥을 쌌다. 방안은 꽃동 산이 펼쳐져 있었다. 휠체어 바퀴 자국 따라 애기똥풀, 산수유꽃 이 피었고, 이불 위에는 선홍빛 다알리아와 글라디올러스가 피 어 있었다. 꽃 속에 아버지의 지문이 새겨져 있었다. 휘적휘적 걸레가 지나간 자국, 휠체어 바퀴 자국에서 애기똥풀이 어느새 다알리아로 변하면서 번져나가고 있었다. 몸이 점점 아기처럼

* '달리아'를 어릴 적 부르던 이름으로 표기.

변해가는 아버지를 보니 그녀는 애처로웠다.

뚝, 뚝, 떨어진 붉고 노란 꽃물은 노모의 피눈물이었다. 아버지를 볼 때마다 노모는 걱정이 태산이었다.

"내가 먼저 죽으면 자식들한테 너그 아부지 천덕꾸러기 되는데 우짜노? 피똥을 싸면 죽는다는데 너그 아부지가 암만 해도…."

일주일 전, 자꾸만 되뇌던 노모의 그 말이 그녀의 귓전에 맴돌았다.

현관문을 쾅쾅, 두드렸다. 인기척이 없었다. 현관문 손잡이를 돌리니 다행히 잠기지 않았다. 그녀는 얼른 안방 문을 열고 들어갔다.

"누고? 누가 왔다꼬?"

노모가 게슴츠레한 눈을 비비며 이부자리에서 일어나 앉았다. 일주일 전에 본 딸을 몇 달 만에 만난 듯 반겼다. 노모 옆에는 푹 꺼진 눈, 도드라진 광대뼈의 아버지가 코를 골며 잠에 취해 있었다. 그는 요단강을 건너는 꿈을 꾸는지 갑자기 두 팔로 허공을 휘저으며 신음 소리를 냈다.

그녀는 노모와 아버지를 간병하다가 일주일 전에 오빠에게 쫓겨났었다. 오빠는 자신이 해야 할 일도 하지 않으면서 다른 형제가 대신하면 그 꼴도 못 보았다. 그녀는 오빠에 대한 분노와 중병 환자인 부모 걱정으로 마음이 콩죽같이 끓었다. 하지만 어쩔 수 없는 현실에 부닥쳤다. 불편한 마음을 진정시키려고 남해 노도櫓島와 보리암에 머물다가 차마 집으로 바로 가지 못하고 친정집에 다시 들른 것이다.

노모는 곁에 누운 그녀에게 이야기보따리를 주저리주저리 풀었다. 어느 자식이라도 들어와서 같이 살기를 바라지만 그럴 자식이 없다는 하소연이었다. 아버지는 맏아들, 그러니까 그녀의 오빠와 가장 살고 싶어 했지만 오빠는 애초에 그럴 생각이 없는 사람이었다. 노모와 아버지는 태양 같은 맏아들을 기다리며 해바라기하고 있었다.

아침 밥상을 차렸더니, 바닥에 코를 박을 듯한 노모가 밥상을 밀며 안방으로 갔다. 다친 허리를 펼 수 없는 노모와 걷지 못하는 아버지의 식사 시간이다. 노모는 허리가 아파 밥상을 들 수가 없으니 아버지에게 휠체어에 앉아 주방 식탁에서 밥을 먹자 했고, 아버지는 휠체어 타기가 귀찮으니 방에서 먹자고 했다. 항우고집 아버지를 보면 아버지보다 노모가 더 측은했다. 노모는 거동불편 환자에 심장 질환자라 돌봄이 필요했기 때문이다. 바람이 불면 날아갈 듯한 몸으로 중병을 앓고 있는 아버지를 간병하고 있었다. 환자가 환자를 돌보는 상황이라니, 세상에는 드라마보다 더 드라마틱한 일이 있다고 생각했다.

거실 전축 위, 맏아들의 가족사진이 엎어져 있었다. 자식을 향한 노모의 짝사랑에 금이 간 모양이었다. 집 구석구석에 금이 생겼다. 담장에, 안방 벽에, 식탁 유리에, 노모의 심장에 금이 갔다. 금 간 안방 벽에 곰팡이가 시커멓게 슬었다.

노모는 적막이 무서워서 다니는 주간 요양원에서 얼마 전, 진돗개를 빌려왔다. 노모와 아버지, 진돌이 백구는 승합차로 매일 주간 요양원에 통원했다. 백구는 뒷좌석 짐칸에 탔다.

"진돌아, 내 아들, 우리캉 살자."

개밥을 주면서 노모가 말했다. 진돌이가 앞발을 치켜들며 꼬리를 흔들었다. 노모는 그날부터 개와 아들의 족보를 바꾸었다. 살아온 날만큼이나 가실 날 또한 삶이 버거운 노모.

"천千 자리 만萬 자리 내 침수寢睡에 맞는 자리…."*
하며 어느 날 잠자듯이 가게 해 달라고 빌고 빌었다. 매일 매일 염불처럼 부처님께 빌었다. (2017)

---

* 갓바위 어느 노보살의 발원에서.

꽃물

앞산 진달래꽃 활짝 피더니
아버지 방에도 꽃이 피었다

방문 열어 보니
여기저기 원을 따라
피어 있는 노란 발자국들

방안에는 빈 휠체어뿐

엄마, 이것 보세요. 아버지가 꽃이 되었어요
느그 아부지 암만해도 가실랑갑다

휠체어가 돌아다니며
방안 가득 피워 놓은 봄꽃들

나는 물걸레로 꽃들을 훔쳐낸다
발바닥에도 손바닥에도
산수유 향기가 노랗게 피어오른다

매화가 나에게

비스듬히 이어지는 돌담을 지나면
매화나무 한 그루가 뒷짐 지고 서 있다
분분히 날리는 측은이 그윽하다

세자 책봉 문제로 임금에게 직언하다
남해로 유배당한 충신 김만중 신세나
부모 봉양 문제로 형제에게 직언하다
한밤중에 다섯 번이나 내쫓긴 충직한 내 신세나

비뚤비뚤한 매화 나뭇가지가
손바닥을 사락거리며
달래주었던가

늙고 병든 부모 밥 한 끼 지어드리고
내쫓긴 신세, 친정집에 왔다가
끝내 돌아서서 남해 노도櫓島에서
잠을 자야 하는 내 처지야

>

삿갓처럼 눌러쓴 유배지, 노도의 끝
아직도 기다리고 있구나
매화나무 한 그루 꼬깃꼬깃 접어놓은
꽃망울!

▼ 장우원 시인의 작품, 2022년 12월

다산의 편지

한동안 집안 문제로 불면의 밤을 보내곤 했다. 그때 눈에 들어온 『한밤중에 잠 깨어』라는 한시집, 다산의 고백적인 유배 일기였다.

'유배문학'하면 몇몇이 있지만 정약용이 가장 먼저 떠오른다. 특히나 그는 첫 유배지인 장기에서 그 엄혹한 환경 속에서도 많은 시를 지었다는 것에 놀라웠다. 시문 중심의 다산의 글을 읽으면서 그의 문학 정신에 큰 감명을 받게 되었는데, 시를 쓰는 나로서 다산의 시에 더욱 관심이 갔다.

여러 시편을 읽어나가면서 다산의 인간적인 면모를 엿볼 수 있었다. 다산은 유배 기간에 두 아들에게 많은 편지를 보내면서 자녀교육에도 각별한 관심을 두었다. 또 유배 중인 형 정약전과도 서신 왕래로 마음을 달래고 학문을 논했다. 다산은 아내에게도 편지를 몇 통 보냈다. 시를 통해 유추되는 아내와의 서신 내용이 궁금했다. 아내를 염려하고 그리워하는 시를 보면서 얼마나 많은 불면의 밤을 보냈을까.

나는 1801년 장기長鬐에서 유배 생활하던 다산의 목소리를 빌려 아내에게 편지를 써 보기로 했다.

매괴화 두 송이
― 부치지 못한 다산의 편지

오늘은 고대하던 학연이의 편지를 받고 반갑고 큰 위로가 되었소.

작별할 때 부인의 안색이 위험해 보여 학연이와 학유에게 영양 있는

음식으로 보하고 약을 써서 잘 보살피라고 했는데 건강은 어떠하오?

학연이의 병이 여증餘症이 있고 어린 딸도 잔약해진다고 하니 염려되

는구려.

내 병은 조금씩 나아지고 있는 듯하오. 불안증도 전보다 나아지고 있소.

이곳 장기長鬐에서 생활한 지도 80일이 지났구려.

지금도 그때의 일들이 믿어지지 않아 한밤중에 잠에서 깬다오.

어제는 꿈속에서 부인을 만났소. 식구들 소식을 들으려고 그랬나 보오.

오늘은 장기읍성에 갔다 오다가 장기천에서 매괴화玫瑰花를 보았소.

자홍빛 까끄라기 솜털과 초록색 가시가 송송 박힌 매괴화 두 송이를

땅이 낮고 습하고 눈에 띄지 않는 곳에서 자라고 있었소.

돌보는 이 없는 척박한 곳에서 가시털로 제 몸을 지키면서 말이오.

날마다 황량한 마음의 길 배회하는 나를 보는 듯했소.

어떤 사람들은 매괴화를 배회화徘徊花, 해당화,라고도 한다오.

곱디고운 저 꽃이 황량한 길가 가시덤불 속에 피어 있다니
척박하고 외진 곳에서 숨어 살아가고 있었소.
꽃이 말을 거는 듯해서 한참 동안 꼿꼿한 매괴화를 보았구려.
꽃을 바라보니 먼 곳에서 고생하고 있는 부인 생각이 났소.
부인의 몸이 아파도 옆에서 돌봐주지도 못하니 애통하구려.
다홍빛 한복 치마 곱게 차려입고 내게로 시집왔던 부인에게
뭇사람들의 화살이 마구 날아들지나 않을까 염려가 되는구려.
척박한 생활일지라도 매괴화처럼 잘 견뎌주길 바라오.

내일이면 단옷날인데 딸아이 생각이 많이 나는구려.
옥 같은 살결에 붉게 물든 모시 치마 입고 창포물에 머리 감고
창포 잎 머리에 꽂고, 절 익히던 일곱 살 딸아이가 보고 싶구려.
어여쁜 딸아이와 놀아주지 못해 마음이 아프구려.
어쩌다가 생이별을 하게 되어 자식들과 부인에게 미안하오.
부인도 아이들도 건강하길 바라오. 이만 줄이겠소.

                    신유년辛酉年 5월 말에 장기長鬐에서 쓰다

　다산의 심정으로 편지를 쓰는데 내 심장이 답답하고 아파왔
다. 그의 아픔과 슬픔이 고스란히 내게로 전해진 듯했다. 혈혈단
신으로 떠난 유배객. 그 와중에도 자식들에게 편지를 보낸 심정

이 어떠했을까. 어쩌면 다산은 아내에게 편지를 숱하게 써 놓고도 부치지 못하였으리라. 아내가 근심할까 봐, 혹은 그의 유배지에는 찾아오는 사람조차 목숨이 위태로웠으니 편지를 부치는 것도 힘들었으리라. 나는 편지의 부제목을 「아내에게 부치는 정약용의 편지」에서 「부치지 못한 다산의 편지」로 고쳤다.

장기에서 지은 다산의 시에는 그의 유배 생활이 잘 나타나 있다. 힘들게 보리타작하고 담배 농사를 짓는 농민들을 보면서 그들의 마음이 물욕에 지배받지 않음을 보았다. "조해루(장기읍성의 동쪽에 있는 누각) 용마루에 지는 해가 붉을 때 / 관리가 나를 몰아 성 동쪽에 나왔네" 하는 내용이 「기성잡시鬐城雜詩」 27수에 나온다. 또 사립문 밖의 느릅나무 숲을 거닐며 「유림만보楡林晩步」와 방죽을 거닐며 「제상堤上」을 지었고, 가까운 바닷가에 나가 물질하는 해녀들과 고기잡이하는 어부들에 깊은 관심을 갖기도 했다. 그의 시에는 자신의 그리움과 외로움이 묻어 있으면서도 하층민에 대한 애민 의식과 자연에 대한 따뜻한 시선이 녹아 있다.

신유박해로 1801년 3월 9일에 장기에 유배 온 다산은 그해 10월 20일까지 이곳에 머물면서 좌절과 절망이 아닌, 투지로 시와 책을 지었다. 유배생활 중에 그는 「기성잡시 27수」, 「장기농가 10장」, 「고시古詩 27수」 등 60제題 130여 수의 시를 지었다.

효종이 죽은 해의 효종의 복상 문제로 일어난 서인과 남인의 예론禮論 시비를 가린 기해방례변己亥邦禮辨, 한자 발달사에 관한 저술인 「삼창 고훈」, 한자 자전류인 「이아술爾雅述」 6권, 불쌍한 농어민의 질병치료에 도움을 주는 「촌병혹치村病惑治」 등의 저술도 후대에 남겼다.

다산은 18년이라는 긴 유배 기간에 불굴의 정신으로 실사구시의 학문을 집대성하고, 사상적으로나 문학적으로 업적을 남긴 위대한 인물이다. 그는 암울한 유배 생활 속에서도 늘 시를 지으며 자신의 고통과 슬픔을 작품으로 승화시켰다. 벼랑 끝에서도 절망하지 않고 올곧은 정신으로 관아의 벼슬아치들을 풍자, 비판하면서도 민초들을 극진히 사랑했다. 그의 부단한 저술활동과 더불어 실사구시의 사상과 애민정신을 닮고 싶다. (2020)

툇마루에 걸터앉아 달을 보며*
— 부치지 못한 다산의 편지

미명에 일어나니 풀벌레 소리가 지천으로 깔려 있소.

마당에 나가 풀 섶에 매달린 이슬을 더듬어 계절의 변화를 느끼고 있소.

한낮에는 그늘을 찾게 되고, 매미 소리는 혈기 왕성한 청년의 소리지만,

곧 새로운 계절의 주인에게 자리를 내주어야 할 시간이 다가오고 있소.

지난번 인편에 누에를 친다는 말을 전해 들었는데 어찌 잘하고 있소?

아녀자 혼자 자식들을 건사하며 양잠까지 하느라 고생이 많겠구려.

뽕 따는 일과 잠박蠶箔 까는 일은 학연이와 학유가 도와주겠구려.

아비가 옆에 없어서 학연이 학유가 학문에 소홀히 하는 건아닌지,

폐족廢族의 자식으로서 잘 살아가려면 독서밖에 없는데 염려가 되는구려.

마음은 그곳에 있으나 어찌할 수 없이 육신은 이곳에 있으니

부인에게 큰 짐을 지우고 있는 것 같아 미안하오.

---

* 이 시는 사실을 바탕으로 하되 다산의 목소리를 빌려 상상하며 창작한 시임.

욕심을 버리고 함께 전원에서 소박하게 늙어가자 기약하였더니
인생에 생각지도 못한 이별 수가 일어나서 참으로 애통하오.

장기長鬐에 온 지 다섯 달이 지났지만 아직도 믿어지지 않는 일이오,
밤에 잠을 이루지 못하고 인시寅時에 마당으로 나와 보니
달빛이 툇마루에 걸터앉아서 나에게 말을 거는 것만 같구려.
달빛과 나는 오랜 친구인 양, 서로의 마음을 읽는 듯하여,
부인한테도 내 마음을 전해 줄 것만 같구려.
달빛은 한참을 머물다 저 멀리 소나무 위로 떠나고 있소.
나는 매일 한밤중에 잠 깨어 툇마루에 걸터앉아 달과 벗이 되
어가고 있소.
저 달이 몇 번 기울어야 집으로 돌아갈 수 있을지….
달빛에 편지를 쓰면서 그리운 마음 달래며 지내고 있구려.
그래도 살아 있으니 작은 소식이라도 전할 수 있는 것이 아니겠소.
모쪼록 부인도 아이들과 무탈하길 바라오. 이만 줄이겠소.

신유년辛酉年 8월 장기長鬐에서 쓰다

마당만 빌려주소
— 어머니의 시

　열여섯 살이었을 때다. 하루는 긴 머리를 쫑쫑 땋아 가지고 머리끝에 빨간 댕기를 드려 우물가에서 물동이를 이고 집으로 왔제. 너그 외할매하고 진달이 고모가 마당에서 무슨 얘기를 하고 있는 기라. 진달이 고모가 누군고 하면 연춘아지매 알제? 그 아지매가 집에 와서 "자이滋伊가 인자 시집보낼 때 다 됐네. 우리 시댁 앞집에 사는 이가 그리 부자고 양반이다. **마당만 빌려주마 된다** 카이 자이도 인자 시집보내라." 카는기라. 너그 외할매는 "아직 알라(어린아이)를 무슨 시집 보내능교. 택도 없는 소리 마이소." 캤는데, 그 아지매가 매일같이 집에 오는 기라. 내 시집오기 전에는 한 마실에 사는 소진달이 저거 고모였고, 시집오니 너그 아부지 항렬에 아지매뻘 되는 일가더만.

　너그 할배가 연춘 아지매한테 좋은 처자 중매해 주면 **쌀 한 가마이 준다** 캤단다. 신랑 될 사람이 공부도 마이 했고 시댁이 그리 부자고 양반집이라면서 아무것도 안 해 와도 되고, **딸만 주고 혼례 올릴 마당만 빌려주마 된다**면서 사흘도록 찾아온 기라. 너그 외할매와 외할배는 정말 마당만 빌려주면 되는 줄 알고 허락한 기라. 요새 같으면 말도 안 되는 소리제? 그땐 그랬다. 그땐 우리 집도 쌀밥 먹고 살았는데 시집 와서 보이 우리보다 더 부자더라.

너그 외할매가 어디 가서 내 사주를 보이 단명을 타고 났는데, **일찍 시집 보내면 명을 늘인다 캐서** 일찍 시집을 안 보냈나. 선? 그땐 선이 어딨노? 어른들이 결정하면 간 거지. 너그 아부지 선 보고 시집왔으면 내가 왔겠나? 키도 쪼맨하고 얼굴도 못났는데. 언변은 변호사같이 좋더라만. 나는 처자 때 골목에 나가면 사람들이 동네가 훤하다며 양귀비 같다 캤단다.

너그 할매? 내 시집올 때는 살아계셨지. 그때는 결혼하면 바로 시댁에서 사는 게 아이고, 색시 집에서 일 년을 묵혔다가 신랑집으로 신행을 왔는데, 내 신행 오던 그해에 너그 할매가 돌아가셨지. 그래도 살아계실 때 얼굴은 한 번 봤다. 언제 봤냐고? 너그 할매가 사돈집이라고 우리 집에 찾아와서 하룻밤 주무셨는데 그때 봤지.

너그 할매가 마흔에 너그 아부지를 낳았단다. 나는 맏이로 자라서 시건(철)이 일찍 들었고, 너그 아부지는 5남매에 막내로 자라선지 시건이 좀 없고. 그래 열일곱 새색시가 시집을 오니 시어머니는 안 계시고 나보다 열아홉이나 많은 청춘과부 맏동서가 있대. 고추보다 매운 시집살이를 안 했나. 너그 할아버지는 나를 볼 때마다 "맏며느리와 바뀌었으면 좋겠다, 점잖고 시건이 들었다."고 했다. 그때마다 "아버님, 형님 앞에선 제 칭찬하지 마시이소. 맏며느리 앞에서는 맏며느리 좋다 카고 칭찬하시이소. 그래야 형님이 아버님 좋다 캅니다."캤다.

　새색시 때 하루는 할배가 너그 아부지와 나를 앉혀놓고 "그동안 어떻게 살림을 일궈왔는지 말해주겠다."면서 젊었을 때 이야기를 하시는 기라. 너그 아부지 태어나기 전에 죽은 형이 하나 있었단다. '석현이'라고. 할매, 할배가 얼마나 부지런했는가 하면, 잡초가 많고 홍수가 나서 농사가 안 된다고 남들이 버린 땅을 아주 싸게 산 기라. 그런 땅을 풀을 뽑고 밭을 만들었단다. 하루는 잠자는 알라 머리맡에 뻥튀기를 한 바가지 놓고 두 분이 새벽같이 집 앞에 있는 올비 밭에 잡초를 뽑으러 가셨단다.

　해가 뜨니 집으로 왔는데 알라가 없다는 거야. 몇 살? 세 살이었단다. 두 분이 온 동네를 뒤졌는데 없어서 동네 청년이 모두 나서서 사수재로 해서 와룡산까지 뒤졌다는 기라. 그때는 호식虎食이 당하던 시절이라 골짜기마다 마을 사람들이 사흘 낮밤을 찾아다녔는데 못 찾았단다. 나흘째 되던 날, 집 앞에 있는 못에서 떠오르더란다. 그 질긴 올비 뿌리를 캔다꼬 알라가 물에 빠진 줄도 모르고 살림을 모았단다. 올비? 뿌리가 하얗고 달삭한 게 맛있는데, 얼마나 질긴지 이틀만 안 뽑으면 어른 허리만큼 올라오는데, 잘 번지는 기라. 그때는 제방이 없어서 비만 오면 물에 잠기니 더 잘 컸지.

　너그 아부지 이름이 석현이가 된 것도 그때 죽은 형 이름을 써

서 그렇단다. 할배가 너그 아부지 네 살이 될 때까지 출생신고를
안 했단다. 그때 면서기로 일하던 너그 큰아부지가 "죽은 사람
이름을 자꾸 부르면 재수 없다, 얼른 출생 신고해라." 해서 할배
가 출생신고 했단다. 그래서 너그 아부지가 내보다 네 살이나 많
은데도 호적에는 1937년생, 동갑으로 되어 있지. 큰아들은 전쟁
통에 잃고 너그 아부지가 외아들이 된 격이지. 그렇게 자식을 잃
다보이 내가 아들을 넷이나 낳았더니 그래 좋아하셨다. 할배가
맏며느리한테서는 손자를 하나도 못 봤지. 너그 큰엄마는 아들
셋을 키우다가 어릴 때 다 잃었지. 몰라. 친정에만 갔다 오면 잃
데. 딸 하나만 살아서 키웠지.

어디선가 뻐꾸기 소리가 들린다. 벽에 걸린 뻐꾸기시계가 열
번을 친다. 대숲에서 서걱서걱 댓잎이 몸 부비는 소리 들린다.
밤 비행기가 불빛을 반짝이며 지나간다.

올비

잠든 아기 머리맡에
뻥튀기 옥수수 한 바가지 놓고
호미 들고 나간다

해마다 하천이 넘쳐 물에 잠긴 너였다
죽 한 그릇이면 살 수 있다는 올비*밭
쌀 한 말 이고 가서 건졌다

자고 나면 번지고 자고 나면 커지고
뽑아도 자라고 찍어도 내리고
아래로 위로 시퍼런 등줄기가 들불처럼 번졌다
가난은 뿌리에서부터 찾아오는가

네 뿌리를 잘라 먹으며 가난을 캤다
해도 깨지 않은 첫새벽부터 별 뜨는 밤까지
목숨보다 질긴 올비를 캤다

* 뿌리가 깊고 번식력이 좋은 잡초의 일종.

세 살배기 아들이 없어진 줄도 모르고

사람들과 사수재를 넘고 와룡산을 뒤졌다
사흘 만에 집 앞에 있는 못에서
낮달이 떠올랐다
싸늘한 달을 품에 안고 애장터에 묻었다

뿌리 하나 뽑는데 한 생애가 지나갔다

찔레꽃조기

오뉴월 해가 찔레꽃 허리에 손을 얹고 있는데
정지에서는 구수한 조기 냄새가 나고 탕국이 끓는다
열아홉 새색시가 맏동서와 제사음식을 만든다
대청마루에 큰 상을 펴고 제사상을 차린다

탕국을 가지러 정지에 갔다 온 사이
누렁이가 조기를 물고 장독대를 넘어가 버렸다
새색시는 발을 동동 구른다
매 같은 맏동서는 가늘게 찢어진 눈을 번뜩인다
솥에서 탕국 끓는 소리는 부글부글 크기도 하다
찔레나무 가시보다 아픈

도망가는 개를 본 시아버지가
밥상 앞에서 우는 며느리를 달래놓고
정지문을 향해 큰소리친다
산 사람이 어른이지 조기 내가 다 묵었다
맏동서는 스텐 그릇을 부뚜막에 친다

．

툇마루에 걸터앉은 햇살이 마당으로 도망간다

찔레꽃이 하얗게 숨넘어가던 열아홉의 여름

아버지의 집

선선하니 나다니기 좋은 휴일이다. 충현박물관으로 나들이를 간다. 집 옆에 있어서 평소에 오가며 스쳐보았는데, 마음먹고 둘러볼 작정이다. 대문을 들어서면 계단 좌우 끝으로 다듬이들이 층층이 놓여 있는데 한눈에 종갓집 풍경을 그려볼 수 있었다.

사랑채 여기저기 둘러보다가 천장을 보니 방문이 묶여 있다. 한지로 곱게 바른 방문 두 개가 천장에 매달려 있는 것이다. 그 위에 하얀 석회에 짙은 밤색 서까래도 도드라져 보인다. 휘어진 서까래를 보니 병실에 누워 있는 아버지가 떠오른다.

지난겨울, 설을 쇤 후에 쓰러진 아버지는 8개월째 입원 중이다. 앙상한 몸으로 갈비뼈를 드러내고 있는 아버지는 양손에 두꺼운 장갑을 낀 채 침대 난간에 두 손이 묶여 있다. 콧줄을 빼지 말라고 간호사가 해 둔 모습을 보니 애처롭다. 이제는 약해질 대로 약해진 아버지의 모습이다. 한때는 건장하여 기둥 같고 지붕 같은 내 아버지였는데. 문득, 내 유년의 여름, 아버지의 집 짓던 모습이 겹쳐 온다.

나는 소담스러운 박을 엎어둔 듯한 오두막집에서 고등학교 1

학년까지 살았다. 이 초가집으로 이사하기 전에는 같은 동네 기와집에서 살았다. 부모님께서 오두막 초가집을 사서 이사한 것은 아래채가 있고, 텃밭이 넓었기 때문이었다. 방 안에 들락거릴 때는 고개를 숙이고 몸을 많이 낮춰야 들어갈 수 있는 오두막집…. 창피해서 친구들을 집에 데려올 수 없었다.

집을 비울 때는 방문 밖 문고리에 숟가락을 채우고 나갔다. 당시 오두막 방문은 문살에 한지를 바른 것이었는데 한겨울이면 세찬 바람에 저절로 열리기도 했다. 그래도 어머니가 며칠 외가에 다녀오기라도 할 때면 "콧구멍만 한 오두막집이라도 내 집이 제일 편하다"라고 했다.

어느 날 학교에서 돌아오니 마당에 헌 나무 기둥과 문짝들이 산더미처럼 쌓여 있었다. 아버지가 새집을 짓는다고 해서 큰 고모 댁에서 뜯어온 헌 집 자재들이었다. 그 무렵 고등학교를 갓 졸업한 셋째 오빠는 입대를 기다리던 중이었다. 집 짓는 일에 일손이 달린 아버지는 셋째 오빠를 동참시켰다. 대목수인 서 씨와 부목수, 그리고 아버지와 오빠로, 일꾼은 이들이 전부였다. 오빠는 군소리 없이 참여했다.

아버지가 뜯어온 목재들에는 일련번호가 새겨져 있었다. 서까래는 서까래대로 기둥은 기둥대로, 유리문은 유리문대로 번호가 매겨져 있었다. 그 번호를 찾아가며 퍼즐을 맞추듯 집을 지어나가는 일이었다. 뜯어온 나무들을 종류별로 분류한 오빠는 나무에 박힌 못을 일일이 빼어냈다. 기둥을 세우고 서까래를 올리고 오빠는 몸을 사리지 않고 일을 도왔다.

서까래를 올리고 지붕을 덮는 날이었다. 목수 아저씨와 아버지가 서로 옥신각신했다. 서 씨 아저씨는 45도 각도로 세우고 기와를 덮어야 한다고 했고, 아버지는 45도면 각도가 급해서 기와가 흘러내릴 수 있다며 각도를 낮춰야 한다고 했다. 두 분의 의견이 팽팽했다.

이튿날 아침, 아버지는 새벽같이 자전거를 타고 재 너머에 사는 둘째 고모부를 모셔 왔다. 고모부도 목수였기 때문이다. 목수와 목수끼리는 대화가 통했던지 45도 서까래는 각도가 낮춰졌고, 완만한 지붕으로 기와를 입게 되었다.

새벽부터 아버지와 오빠는 경운기를 타고 동네 못에 가서 흙을 퍼왔다. 못물이 다 빠져나간 자리에서 퍼온 흙은 부드러웠다. 그 흙으로 오빠는 공을 만들었다. 서 씨 아저씨는 사다리를 타고 천장에서 미장하고, 오빠는 투포환 선수처럼 무거운 흙 공을 천장으로 던져 올리는 작업을 했다. 하루에도 수백 개, 흙 공이 천장으로 날아올라 갔다. 아마 흙 공이 투포환 무게보다 더 무겁지 않았을까. 가끔 나는 조세희의 소설 『난장이가 쏘아올린 작은 공』 제목을 오빠가 지어야 했던 것이 아닐까 생각한다. 작은 키의 오빠가 그렇게 많은 공을 쏘아 올렸기 때문이다.

하굣길, 집에 도착할 때면 해가 뉘엿뉘엿 서산을 넘어갔다. 그

때까지도 오빠는 비지땀을 흘리면서 집을 짓는 목수 일을 도왔다. 어느 때는 홈 공을 손에 들고 천장에 다람쥐처럼 앉아 있는 서 씨 아저씨를 쳐다보았다.

아버지는 아들이 넷이나 있는데도 유독 셋째 오빠에게 집안일을 많이 시켰다. 오빠는 다른 형제들과는 달리 요령을 피우거나 자리를 이탈하는 일이 없었다. 아마도 아버지께서는 묵묵히 견디면서 일하는 그런 오빠가 믿음직스러웠기 때문일 것이다.

집 모양은 기역자 형의 한옥이었다. 일자형에는 큰 방이 두 개, 사랑채에는 작은 방이 하나였다. 안방과 사랑방은 연탄보일러, 작은방은 불 때는 아궁이가 들어섰다. 주방 천장에는 다락방을 넣었다. 입식 주방에 싱크대가 놓이고, 대청에는 미닫이 유리문을 달았고, 사랑채에는 툇마루까지 넣었다.

가을이 되자 근사한 한옥이 탄생했다. 날아갈 듯한 기와집이었다. 길옆에 있던 집이라 길 가는 사람들이 한 번씩 우리 집을 유심히 쳐다보며 지나갔다. 추석은 새집에서 지낼 수 있게 되어 가족들이 너무 기뻐했다. 초가집에 살 때는 명절 때마다 손님들이 앉을 곳이 없어 제사도 제대로 지내기 힘들었다. 아버지는 마당에 평상도 짜 놓았다. 평상에 누워 귀뚜라미 소리를 들으며 별이 총총한 밤하늘을 보았다.

나는 내 방보다 다락방이 더 좋았다. 조용히 책을 읽고 싶을 때는 다락방으로 갔다. 오빠들이 사다 둔 세계문학 전집을 읽었고 이상의 「오감도」와 「날개」, 알베르 카뮈의 『시지프스의 신화』
도 그때 처음 읽었다. 당시 여러 시인의 시집을 읽으며 문학의
꿈을 키웠다. 다락방에서 쪽문을 열고 밖을 내다보면 꽃밭에서
그윽한 꽃향기와 밥 냄새가 코끝을 스치며 들어왔다.

헌 집이 새집으로 태어났다. 이제 어머니는 허리 굽히며 부뚜
막을 닦는 대신 서서 싱크대에서 일하게 되었고 고개를 숙이며
방으로 들어가지 않아도 되었다. 오두막집에 사는 동안 아버지
는 농사일로 일 년 내내 바빴다. 해마다 초가지붕에 올라가서 짚
으로 이엉을 올리고 용마루를 새로 했다. 이제는 그 고생을 하지
않아도 되었다.

우리는 그 한옥에서 이십 년을 살았다. 그 옛집의 추억이 어제
처럼 아슴아슴 살아난다. 오빠는 그 집 지을 때 고생을 하도 많
이 해서, 키가 안 컸다고 우스갯소리로 말하곤 한다.

어제는 셋째 오빠와 함께 아버지 병문안을 다녀왔다. 먹을 수
있는 것이라곤 겨우 미음과 음료뿐이다. 젊었을 땐 자식들의 울
타리와 지붕이 되기 위해 장맛비를 맞으면서 집을 지어 주었던
아버지. 지금은 갈비뼈가 드러나도록 야윈 몸으로 병석에 누워
계시다. 평생 고생하여 자식들 다 키워놓고 살만하다 싶으니 저
리 몸져누우셨다.

요즘은 초가집도 서까래도 보기 드물다. 하지만 늘 지붕이 되
어주던 아버지의 마음은 내게 깊이 남아 있다. (2019)

까만 동공

현관 선반 위에서 반짝인다
생일날 선물로 들어와서
한 번도 밖에
나가 보지 못한
구두 한 켤레

칠 년 동안 앙상한 발을
품어보지 못한
저 구두
굴러 내리는 먼지도 까맣게 탄다

그런데 오늘
걷지 못하는 그와 함께
휠체어 뒤에 매달려
요양원에 간다

길동무

동대구발 6시 50분, 저녁 기차를 탔다. 옆 좌석에는 나이가 지긋한 백발의 할아버지가 앉아 있다. 얼굴에는 몇 개의 검버섯이 나 있고 눈처럼 백발인 그 노인은 빛바랜 자주색 봄 잠바에 두꺼운 회색 바지 차림에 촌로村老의 분위기를 풍기고 있었다. 좌석에 앉자마자 할아버지가 말을 건넨다.

"아줌마는 어디까지 가세요?"

"좀 멀리 가요."

"멀리 어디까지 가는데요?"

"…."

혼자 있는 것에 방해받고 싶지 않아서 짧게 대답했다. 요 근래 무척 피곤했다. 곧바로 들고 가던 수필집을 꺼내 펼쳤다. 책을 펴놓고 읽는데 할아버지가 또 말을 건넨다. 비 맞은 중처럼 중얼거리던 그는 이제는 누군가가 자기 말을 듣기를 바라는 듯 큰 목소리로 말하였다.

"아주머니! 이 말씀이 세상의 이치에 맞지 않는다 해도 살아 있다는 것은, 내가 이렇게 했으면 지금쯤이면 생활터전이 잡히지 않았을까 생각해요. 누구나 태어나서 좋은 머리 갖고 싶지 나쁜 머리 갖고 싶은 사람 없고요."

뚱딴지같은 말을 하기에 할아버지가 정신이 좀 나간 사람처럼 여겨졌다. 그는 가끔 나를 흘끗흘끗 쳐다보며 초록색 스프링 대학노트를 펼치거나 닫았다 했다. 깨알같이 박힌 글자들이 공책 사이로 언뜻언뜻 보였다가 사라진다. 살짝 훔쳐보니 '필사 성경'이다. 성경 전체를 필사한 것은 처음 보았다. 순간 감동했다.

'그 두꺼운 성경을 전부 필사했다는 거야? 나도 장편소설 한 권 필사해 볼까?'

나는 금박으로 새겨진 '성경 필사' 겉표지를 한참 동안 쳐다보았다. 그는 이윽고 까만 가방 안에서 자그마한 돋보기 하나를 꺼내 들기 시작했다. 그는 나에게 선생님이냐고 물었다. 말꼬리를 물고 늘어질까 봐 나는 짧게 아니라고 대답했다.

"제가 보니 선생님 같아 보이는데요?"

"…."

그저 미소만 짓고 있는 내게 그는 다시 말을 시작했다. 얼마나 대화가 갈급했으면 생판 모르는 나를 붙들고라도 저리 말을 하고 싶어 할까. 나는 책을 보며 그의 이야기를 가만히 듣고 있었다.

"어떤 때는 이렇게 차에서 실컷 대화하다가 내릴 때 되면 허무해요. 그 사람이 내리고 나면 대화가 또 끊기니 다시 새로운 사람과 새로운 대화를 시작해야 해요."

내가 기차를 타기 전에 누군가와 실컷 대화하다 허무했던지 그는 그렇게 말했다. 그때 마침 내가 읽고 있던 책 내용은 길동무에 관한 것이었다.

길을 가다 보면 항시 길동무를 만나게 되는데, 늙은이든 젊은이든 나이를 떠나서 길동무가 될 수 있다는 내용이었다. 그리고 요즘은 먼 길을 함께 걸을 기회가 많지 않기 때문에 서로가 혼자 휭하니 가버리는 경우가 많다고 했다.

내가 읽던 대목에서 나는 그만 바늘에 찔린 듯 뜨끔했다. 지금 나의 현재 상황을 그대로 묘사하고 있었다. 백발의 할아버지는 지금 나에게 열심히 길동무하자고 말을 트고 있는데, 나는 애써 침묵하고 있지 않은가. 공연히 미안한 생각이 들었다. 그 무렵 기차는 김천을 지나고 있었다.

'그래. 수원에 도착할 때까지 할아버지와 길동무가 되어 주자.' 생각하며 읽고 있던 수필집을 덮었다.

그때부터 나는 할아버지가 들고 있는 성경 필사본을 봐주기도 하고 조금은 진지하게 그의 이야기를 들어주었다. 그는 시골에 노인들이 많아 농사짓는 문제며 여러 가지 시골에 관한 이야기를 했다.

무슨 사연일까. 이 밤 홀로 밤차를 타고 취한 듯 휘청대는 그의 목소리와 몸짓은. 가족에 대한 그리움일까, 사랑일까. 조용히 가지 못하고 애타게 말동무를 찾아 저토록 말하고 싶어 하는 할아버지가 딱하다는 생각이 들었다. 내가 반응을 하자 그는 지칠 줄 모르고 이야기를 이어갔다.

할아버지의 독백 같은 토로 속에서 노년의 고독, 몸부림치는 외로움을 읽을 수 있었다. 노인이 되어갈수록 외로움이 커지고, 말벗이 그립다는 말만 들어왔는데, 지금 저 할아버지의 모습에서 실감하고 있는 것이다. 깊은 외로움 뒤에 나타나는 그리움 같은 것. 그것은 관심과 사랑을 갈구한다는 또 다른 표현은 아니었을까.

할아버지의 길동무가 되어 대화를 나누는 동안 기차는 어느새 내가 내릴 수원에 도착했다. 할아버지는 서울까지 간다고 했다. 차창으로 흔들어 주는 그의 손길이 오래도록 내 시선에 머문다.

길동무! 참으로 정겨운 낱말이다. 먼 길을 갈 때 길동무와 함께 간다면 지루하지 않다. 나는 혼자 편하게 책이나 읽고 싶은 욕심에 그만 할아버지에게 좋은 길동무가 되어 주지 못한 것 같아 죄송했다. 할아버지의 남은 인생길이 외롭지 않기를 바라본다. 다음에 그런 할아버지를 또 만나게 된다면 좋은 길동무가 되어야겠다. 좋은 길동무란 마음속에 있는 어떤 얘기든 다 들어줄 수 있는 친구일 것이다. (2009)

맹인

명학역 전철에서 내려 계단을 향해 걷는데
계단 끝에 한 아가씨가
지팡이를 내저으며 다가온다

은색 지팡이가 바닥을 두드리며
구로행 방향으로 몸을 돌려
탁 탁 타닥 탁
다시 신창행 방향으로 몸을 돌린다
탁 탁 탁탁 탁
기다란 지팡이가 바닥을 연주한다

그녀의 눈과 마주치자 문득 발길이 멈추고
눈길이 그녀를 따라간다
그녀는 스크린도어 쪽으로 다가가
닫힌 도어 위 알루미늄 기둥에 손을 갖다 댄다
그때 나는 그녀의 손끝에서
명함 크기만 한 점자 글자판을 보았다

그녀는 그 자리에 지팡이를 세우고 섰다

눈여겨보지 않으면 안 보일 안내판
맹인은 그녀가 아니고 나였다
눈뜬장님이었던 나는
그 안내판을 눈으로 오래 더듬고 있었다

2부
무쇠솥의 밥 한 숟가락

무쇠솥의 밥 한 숟가락

요 며칠간 밥을 제대로 먹은 일이 거의 없다. 식사 시간에 교대해 줄 사람이 없기 때문이다. 하는 수 없이 김밥이나 만두 등 간편하게 먹을 수 있는 것으로 끼니를 때우지만 늘 허전함이 남는다. 일터가 대형마트 안에 있는 화장품 매장이라 밥 먹을 환경도 못 된다. 교대할 직원이 있을 때는 도시락을 싸 와서 휴게실에서 먹거나 식당을 이용하기도 했는데 요즘은 혼자서 근무하다시피 하니 점심밥 구경한 지도 꽤 오래되었다.

'오늘은 매장에서라도 꼭 밥을 먹어야지.'

먹고살자고 일도 하는 것인데 밥도 못 먹고 할 수는 없지 않은가. 나는 사과 두 개와 미숫가루에 흑미 잡곡밥 도시락도 꾹꾹 내 마음만큼 야무지게 쌌다.

직장이 한 시간 거리라 도시락을 준비하는 일도 여간 바쁜 일이 아니다. 그러나 사 먹는 밥보다 집밥이 최고다, 싶어 귀찮아도 도시락을 쌌다. 반찬을 뭐로 싸 갈까, 생각해 보니 아무리 봐도 반찬이 부실하다. 직장에서 같이 밥 먹을 사람도 없지만 들고 갈 자신도 없다.

'에이! 그냥 마트에서 반찬을 사다 먹지 뭐.'

반찬을 잘 사 먹지는 않는데 요즘 들어 글 쓴다, 퇴근이 늦다는 이유로 몸이 피곤할 때는 가끔씩 사다 먹었다.

오늘은 밥은 싸 갔는데도 역시 못 먹고 있다. 식사 시간에는 늘 그렇듯이 손님들이 더 많이 온다. 잠시 한가한 틈을 타야 앞에 있는 B 화장품매장에 부탁하고 얼른 뛰어가서 반찬을 사 올 수 있다.

'무슨 반찬을 먹을까? 뭘 사야 매장에서 깔끔하게 먹을 수 있을까.'

매장 바닥에 쪼그리고 앉아서 먹기도 불편하고 그 모양새도 궁상맞다. 고민이다. 머릿속으로 반찬을 떠올려 본다.

어머니는 늘 우리 가족들에게 아침밥만큼은 꼭 챙겨 먹였다. 반찬이 부실해도 가족이 모두 아침밥상을 함께하였다. 시골에 있는 학교 길은 꽤 멀었다. 어머니는 매일같이 새벽닭이 울 때 일어나서 청솔가지 나무로 아궁이에 불을 지펴 무쇠솥에 밥을 지으셨다. 그때는 솥들도 왜 다 그런 무쇠솥이었는지.

'짜작짜작' 밥솥 아래에서 뭔가 터지는 듯한 소리가 들릴 때쯤이면 우리 5남매는 등교 준비로 바빴다. 고만고만한 다섯 학생이 하나같이 도시락을 싸 가는 날엔 어머니는 아침 내내 허리를 펴지 못했다. 살짝 내 도시락 반찬통 뚜껑을 열어보니 녹색지대다. 내가 좋아하는 계란과 햄, 소시지 이런 반찬은 하나도 없었다. 온통 초록이었다.

나는 입이 뾰로통해져서

"도시락 안 갖고 갈 거다."

하며 밥을 한 숟가락 뜨다 말고 학교로 갔다.

학교 길은 멀다. 4킬로미터, 십 리 길이다. 걷는 도중에 생각이 많아진다.

'내가 엄마한테 반항했으니 내일은 도시락 반찬이 달라지겠지.'

친구들끼리 점심을 같이 먹을 때는 반찬이 좋으면 밥 먹는 시간이 즐겁지만 반찬이 초라하면 도시락을 꺼내기가 싫었다. 사춘기 소녀가 아닌가.

학교로 가는 내내 밥을 마저 먹지 못한 것이 후회가 되었다. 배에서 '꼬르륵' 물 내려가는 소리가 들려왔다. 어머니는 자식들이 아침밥을 제대로 못 먹고 학교에 가는 것을 가장 마음 아파했다.

"밥 한 숟가락이라도 먹고 가야 든든하다."

하시며, 아침마다 어머니는 '밥 한 숟가락' 노래를 부르셨다.

어머니가 주로 싸 주시는 반찬은 조림과 장아찌가 주류였고 김치를 싸 주는 날은 괴로웠다. 아무리 잘 싸서 가도 김칫국물에 교과서 사방 모서리가 젖어 김치 냄새가 나는 날은 정말 싫었다. 어쩌다 김치 냄새가 교실 가득 진동하는 날은 도시락을 안 먹고 싶을 만큼 그 반찬들이 싫었다. 어머니는 왜 매일같이 이런 반찬만 싸주는지 그때는 몰랐었다. 오빠들과 동생 도시락은 더 특별하게 싸 주는 줄 알았다. 나중에 알고 보니 차이가 없었다.

학교에 도착하니 우리 교실로 누가 나를 찾아왔다고 한다. 나가보니 중학교 1학년인 남동생이었다. 동생 손에 쥐어진 것은 어머니가 보낸 도시락이었다. 어머니를 이겼다는 승리감보다 미안함의 눈물이 그렁그렁 매달렸다. 그 날 점심은 목이 메어서 어떻게 먹었는지 모르겠다.

하교 후에 어머니의 일손을 돕느라 내가 아궁이에 불을 지펴 저녁밥을 했다. 까만 무쇠솥에서 하얀 눈물방울이 열댓 방울 흘러내리면 밥이 다 되었다는 신호이다. 다시 10분쯤 후, 한 아궁이 불을 더 지핀 후에 뜸을 들인다. 밥을 푸는 일은 뜨거운 김이 올라와서 위험한 일이라고 어머니는 내게 시키지 않았다.

"자랄 때 일을 너무 많이 하면 시집가서 고생한다. 엄마가 젊으니 안 해도 된다."

하시며 외동딸이라고 궂은 들일은 내게 시키지 않으셨다.

내가 어머니를 돕는 일이란 부엌에서 밥 짓는 일과 설거지를 돕는 정도였다. 내가 어머니를 돕지 않을 때는 따뜻한 방 안에 배를 깔고 엎드려 어머니가 무쇠솥에 까만 무쇠 주걱으로 누룽지 긁는 소리를 들었다.

어린 시절, 내가 어머니께 무심코 했던 그런 말들이 어머니의 가슴을 아프게 긁는 소리는 아니었을까. 어머니는 무쇠솥이었고, 무쇠솥단지에 뜨겁게 흘러내리던 흰 밥물은 어머니의 뜨거운 눈물이었음을 이 나이가 되어서야 겨우 깨닫는다. 그때 어머니가 무쇠솥에 해 주시던 밥 한 숟가락을 다시 먹어보고 싶다. (2013)

무쇠솥

　새벽이 홰를 치면 달은 지붕에 올라앉아 부엌을 내려다본다 그녀가 불을 꺾어 청솔가지에 지핀다 무쇠솥이 흰 눈물을 뜨겁게 흘린다 불잉걸을 따라 열기는 안방 구석구석 잠든 아이들의 등이며 무릎을 어루만져줬을 것이다 군대 간 아비는 소식이 없고, 매운 연기에 우는 건지 눈물이 매워지는 건지 내내 허리를 펴지 못하는 그녀, 잔 손길이 분주하다 그 긴긴날들이 누룽지였던가 그녀가 말없이 무쇠솥을 박박 긁어대기 시작한다

▲ 한국민속촌, 2013년 5월

스마트폰

"카톡! 카톡!"

최근 아들이 사준 스마트폰 소리가 요란하다.

"잘 지내고 있니? 몇 번 전화해도 안 되던데, 연락 한 번 줘."

카톡방에 올라온 친구 N의 얼굴, 그녀가 카카오톡 문자를 보낸 것이다. 기능을 몰라 한동안 헤매고 있는데, 이렇게 얼굴이나 문자가 보이는 것은 상대방이 내 전화번호를 입력했을 경우라고 한다.

"카톡이 왔으니 확인하세요." 하며 울리는 기계음, 수시로 주변에서 듣는다. 우리는 이 기계음에 점점 익숙해져 가고 있지만, 공해인 것만큼은 분명하다.

N과는 삼십 년 지기인데 지금 내 휴대폰에는 그 친구의 전화번호가 없다. 수첩을 뒤지면 어디엔가 친구의 전화번호가 있긴 할 것이다. 하지만 지금 당장 사용하는 이 스마트폰 속에는 없다. 순간 친구에게 미안한 생각이 들었다. 카톡으로 답신을 보냈다. 그런데 도무지 읽어봤다는 사인이 뜨지 않았다. 이쪽에서 친구 등록에 추가하지 않아서 그렇단다.

애지중지 5년 동안 써오던 휴대폰을 잃어버리고 나니 한꺼번에 모든 것을 소매치기당한 기분이 들었다. 지인들의 연락처, 짧게 써놓은 글감 등이 사라지니 여간 불편한 게 아니었다. 아들이 고교 3학년이 될 때 처음 사준 휴대폰인데, 내가 물려 쓰다가 그만 분실해 버린 것이다. 그 사이 아들은 다른 스마트폰으로 바꾸었지만, 나는 옛날 모델인 폴더 폰이 간편하고 정감이 들어 계속 이것을 쓰고 있었다.

남들은 최신 스마트폰이니 뭐니 해도 나는 불편함을 모르고 구형 폴더 폰을 애용해 왔다. 그런데 한 달 전에 택시에서 내릴 때 바지 주머니에서 빠져나갔는지, 그만 분실하고 말았다. 액정도 컴컴하고 자판도 몇 개 떨어져 나간 휴대폰. 바꾸려고 차일피일하다가 결국 아들을 통해 스마트폰을 사게 된 것이다. 드디어 나도 스마트한 사람들의 대열에 서게 되었다.

"엄마 제 휴대폰이랑 바꿔요."

대학생인 아들이 갤럭시 노트와 바꾸자고 했다.

"이제는 엄마도 좋은 거 좀 써 보자. 엄마는 글을 쓰니 이게 좋겠네."

휴대폰을 노트처럼 쓸 수 있다 해서 거금 백만 원을 주고 샀다.

집에 와서 나는 스마트한 사람이 되기 위해 폰을 놓고 독학했다. 무슨 기능들이 이리도 많고 구경할 곳들이 많은지, 눈마저 아팠다. 내가 아는 사람들부터 모르는 사람까지 이미지들이 수시로 카카오톡 '친구'에 이름이 올라왔다.

이것저것 주무르다 겨우 친구를 카톡방에 초대하는 것에 성공했다. 문자를 주고받으며 친구의 전화번호를 다시 받아냈다. 이것이 스마트폰이 내게 준 첫 번째 선물이었다. 한동안 연락이 끊긴 친구였는데 스마트폰 카톡을 통해 문자로 다시 연락이 닿은 것이다. 모처럼 수다를 떨었다.

'한양 천 리'라고 하지만 스마트폰 세상에서는 아주 가까운 듯하다. 친구의 프로필 사진을 보며 시간과 공간을 압축하여 만나고 있다. 카카오스토리에 가 보니 친구의 일상이 사진과 함께 올려져 있었다. 우리는 앞으로 이렇게라도 연락하자고 했다.

아날로그에서 디지털 시대로 바뀌면서 전화번호를 휴대폰에 저장한다. 휴대폰을 잃어버리는 날엔 전화번호와 사진, 자료까지 몽땅 날아가 버린다. 바람처럼 사라질 뻔한 소중한 것들을 되찾아 준 카톡이다. 카톡이 고맙긴 해도 나는 아날로그가 좋다.

아날로그에서는 구수한 사람 냄새가 난다. 수첩에 친구들 이름을 적는다. 해마다 수첩을 바꾸면서 친구들의 주소와 전화번호를 옮겨 적는다. 친구들의 얼굴을 떠올리며 번호를 기억한다. 집 전화번호와 휴대폰 번호까지 자연스럽게 외웠다. 그런데 점점 디지털에 의존하다 보니 이제는 전화번호를 다 외우지 못한다. 아니 외울 생각을 안 한다. 휴대폰을 잃어버리는 순간엔 기억마저 잃어버릴 것 같아 불안하다.

내가 쓰다가 잃어버린 폴더 폰은 지금쯤 어디에 있을까. 중고

품으로 수출되어 바다 건너 어떤 사람이 쓰고 있지 않을까. 아니면 어느 동네를 헤매고 있지는 않을까. 아니 어쩌면 쓰레기통에 버려졌을지도 모른다.

전철을 타고 가다 보면 사람들마다 스마트폰에 빠져 있는 것을 본다. 이어폰을 꽂고 카톡과 문자를 보내고 세상사 뉴스를 훑어보기도 하고, 어떤 사람은 게임에 빠져 혼자 킥킥 웃기도 한다. 우리 생활 속에 깊숙이 파고든 스마트폰이다.

스마트폰이 발달하면서 문명의 이기를 준 것은 사실이다. 하지만 인간관계면에서는 삭막해지는 듯한 느낌이다. 부득이 카톡이나 문자를 해야 할 상황도 있긴 하다. 카톡의 출현으로 전화할 일도 카톡을 하게 된다. 손가락이 갑자기 바빠진 시대라고나 할까.

나는 사람과 사람이 직접 만나 소통하며 짓는 함박꽃웃음을 더 좋아한다. 적당히 디지털과 아날로그를 소화하며 살아가고 싶다. 너무 첨단 디지털 문명에 함몰되지 않는, 기계의 노예에서 벗어나 풋풋한 인간미가 살아 있는, 그런 아날로그적 삶을 적당히 누리며 살고 싶다. (2012)

말하는 손가락

불 꺼진 밤
턱 괴고 엎드려 빛을 두드린다

그는 엄지로 말하고
나는 검지로 답한다

카카오톡이 목소리로 갱신해올 때면
손가락이 입이다

키스도 손가락으로 누르고
반듯하고 매끈한 액정은 떨리는 촉감이다
한쪽으로 밀어 넘기면서
톡톡톡 튕겨내는 창 속의 파문들

빨간 입술 무늬 이모티콘 하나
검지로 길게 눌러 떠나보낸다
핑크빛 하트도 밤의 나비다

이곳과 저곳을 수정하는 접합이다

메마르고 부어오른 입술이
손가락을 째려보며 질투하는 밤이다

버리기 연습 중이다

철 지난 옷을 정리한다. 키가 크고 홀쭉한 두 칸짜리 장롱. 한 칸은 이불장, 다른 한 칸은 옷장이다. 아이들 학교와 직장 문제로 이사를 많이 다니다 보니 열두 자이던 장롱도 살이 많이 빠졌다. 여덟 자로 날씬해졌다.

그동안 고생을 많이 해 온 탓일까. 이사할 때마다 벽 난간에 부딪히고 찍혀서 상처도 많이 났다. 남들은 십 년 이상을 사용했으니 버리라고 하지만 쉽게 버리지 못한다. 고가의 유명 브랜드는 아니지만 튼튼하고 실속 있는 가구다. 그동안 한겨울 찬바람과 장마철의 이사 속에서 치이면서도 부서지지 않고 꿋꿋하게 견뎌왔다.

장롱을 보니 마치 내 몸을 보는 듯하다. 우윳빛처럼 곱던 살결은 어느새 굵고 깊이 파인 흔적으로 얼룩졌다. 그런 주인을 닮은 가구라 더 애틋하다.

사람도 옷장도 세상살이에 치이다 보니 그리 변하게 된 것이다. 작은 집에 살다 보니 큰 장롱보다 홀쭉한 장롱이 제격이다. 장롱이 넓어지면 그 안에 채울 옷들로 내 욕심이 더 늘어나게 될지도 모른다.

버릴 옷들을 골라낸다. 일 년 내내 입지 않는 옷부터, 몸에 맞지 않은 옷까지. 철 지난 옷을 정리할 때면 몇 개씩은 꼭 버릴 옷이 나온다.

아끼던 옷을 행거에서 내린다. 이십 년이 넘은 스커트 정장 두 벌. 십 년 전에, 유행에 맞춰 치마 길이를 5센티 자른 옷이다. 바지 정장 두 벌, 벨벳 원피스 두 개, 재킷 두 개와 실크 블라우스 두 개, 몸에 맞지 않은 옷 들이다.

3년 전에 산 스커트를 버리기로 했다. 살 때는 멋스럽고 세련되어 보였던 옷이다. 디자인은 예쁜데 반짝이 줄무늬가 있어서 까칠한 질감이 영 싫다. 소재도 더워 보인다. 작년까지는 즐겨 입었는데 나이 따라 옷을 입는지 이제는 불편할 때가 있다.

100 리터짜리 비닐봉지를 방문 앞에 놓고 버릴 옷을 모은다. 하나, 둘, 넷, 여덟, 열여섯…. 골라낸 옷이 비닐 포대로 하나 가득이다. 비닐봉지에 담아놓고도 선뜻 골목 쓰레기장에 내놓지 못하고 있다. 혹시 누가 입을 만한 사람이 없을까.

문득 Y가 생각났다. 작년에 출판기념회에 가느라고 신도림 지하철역에서 만났다. 행사 시간이 많이 남아 백화점 쇼핑하다가 옷을 사게 되었다. 새 옷을 입어보느라 입고 있던 가죽조끼를 벗는데 Y는 내 옷에 자꾸 눈길을 주었다. 그녀에게 가죽조끼를 벗어주었더니 얼른 입어 보았다. 잘 어울렸다. "몸에 맞지 않은 작아진 옷을 보내 줄까?"하고 물어보니 그녀는 좋다고 했다. 그런

데도 막상 옷을 보내자니 망설여졌다. 나보다 더 좋은 옷을 입을 텐데, 어쩌지? 한 달 이상 보관하다가 결국 여성 생활쉼터로 보냈다.

버리려고 봉지에 담은 정장 옷 몇 벌을 다시 골라낸다. 그녀가 생각이 난 것이다. 나는 휴대폰으로 사진을 몇 장 찍어서 Y에게 보냈더니 좋다고 했다. 새 옷이라 아는 이에게 주고 싶었다.

버릴 때는 과감해야 하는데 잘 안 될 때가 있다. 특히 아끼는 것은 더 그렇다. 그동안 함께한 장롱처럼 유행이 지나고 십 년 이상 된 옷이 장롱에 걸려 있다. 내가 좋아하는 가죽, 세무 스커트, 실크 블라우스 등. 오래도록 입는 옷은 더 정이 간다.

옷도 수선하여 개성 있게 입는 것을 좋아한다. 크거나 작다고 쉽게 버리지 않는다. 그러다 보니 점점 장롱이 비좁아진다. 장롱 문이 잘 닫히지 않는다.

옷을 정리하다 보니 그동안 내 욕심이 많았다는 것을 알 수 있었다. 내 배만큼이나 빵빵해진 장롱. 그동안 장롱도 숨 쉬느라 얼마나 힘들었을까.

불필요한 옷을 다 빼내고 나니 장롱 속으로 바람이 드나든다. 옷 사이사이로 손가락이 들어간다. 그동안 빼곡해서 옷을 찾기도 힘들었던 옷장. 무엇이든 쉽게 버리지 못한 습관 때문에 장롱을 힘들게 하며 살았다.

시를 퇴고할 때는 아까운 표현도 잘 버리면서, 생활에선 낡은 옷도 버리지 못하는 이 욕심. 버려야지 채울 수 있다. 알면서도 실행이 잘되지 않는다. 옆에서 날씬해진 장롱만큼 욕심에도 거품을 뺀다면 장롱이나 나도 숨통을 틔우게 될 것이다.

가끔은 마음도 다이어트를 하며 가볍게 살아갈 일이다. 살다 보면 불필요하게 지니고 살아가는 것이 어디 옷만이랴. 꼭 필요한 것만 지니고 살아가는 것이 삶의 지혜가 아닐까. 옷과 함께 마음속 거품도 빼기로 한다. 오늘도 버리기 연습 중이다. (2014)

아내

열두 자이던 장롱이 여덟 자로 갈갱갈갱해졌다

이사할 때마다 벽에 부딪히고
모서리에 찍히고 긁혔다

장마철 물난리에 퉁퉁 불은 그대여
내려앉은 서랍조차 팡파짐하구나

처음 봤을 때는
뺨에 피는 부끄럼처럼 연연했다
그러나 아양스러운 날들은 계속되지 못했다
갈수록 오종종한 몸과 걸걸한 문짝 같은 목소리가
내게 왁실거렸다

몇 번의 곡절에도 꿋꿋하게 버텨온 그대여
마음을 담았던 옷장 한 칸이 부서졌구나

>

윗목을 그토록 지켜온 몸이 반쪽이다

남들은 버리라지만 버리지 못한다
버리지 못해서 버리지 못할 정이 들었다

구석구석 삭아진 아내여

무등산 노트

전화기마다 알람을 새벽 5시로 맞추어 놓았다. 겨우 세 시간 정도 선잠을 자고 눈을 뜨니 새벽 네 시였다. 다시 자면 늦잠을 잘 것만 같아 일어나 움직였다. 다른 날보다 도시락도 한 개 더 넣고 이것저것 전을 부치니 시간이 빨리 가버렸다.

달리 운동을 하는 것이 없는 나는 주말 산행으로 운동을 대신한다. 너무 험하지 않은 순한 산은 가끔 산악회원들과 등산하는데 정상에 오르고 난 후에 그 기분은 무척 상쾌하다. 오늘도 운동하러 광주 무등산으로 떠난다. 버스는 약속된 시간에 도착했다. 언제 준비하셨는지 산 대장님이 따끈따끈한 떡과 맛있는 과일을 돌리고 계셨다. 아침밥을 제대로 못 먹은지라 다행히 시장기에서 벗어날 수 있었다.

'바쁜 시간에 정말 저런 음식을 언제 준비하셨을까?'

이 따뜻한 음식만큼이나 주최자의 정성과 노력이 훈훈하게 다가왔다.

한참을 달려와 휴게소에 도착했다. 휴게소 아래 등나무 벤치에 앉아 따끈한 육개장을 먹으니 춥던 몸도 사르르 녹았다. 졸다 깨다를 몇 번 거듭하더니 광주에 도착했다.

다 같이 몸 풀기와 발목 운동을 하고, 트레킹팀과 산행팀으로 분리되어 산길을 오르기 시작했다. 우의는 배낭 깊은 곳에 잠재워 놓았다. 구름이 저만큼 하늘 위로 올라가고 파란 하늘이 내려와 맑아지고 있었다. 다른 산악회에서도 등산을 시작하였고, 우리들도 주저 없이 본격적인 등산을 시작했다.

무등산 올라가는 길은 완만해서 좋았다. 부드러운 흙길과 호젓한 숲이 마치 청계산과 비슷한 거 같았다. 서서히 발밑이 무거워지더니 점점 올라갈수록 걷기가 힘들었다. 비가 온 뒤라 신발에 진흙이 찰떡처럼 달라붙어 떨어지지를 않았다. 그 무게가 엄청났다. 길은 미끄럽고 발길은 점점 늘어져 갔다. 바지에 흙탕물이 튀기 시작했다. 등산화가 아니고 무슨 특공대 훈련받는 군화 같았다. 아무래도 스패츠를 해야 바지를 덜 버리겠다 싶었다. 얼마쯤 갔을까. 갑자기 가느다란 비가 오기 시작했다. '뭐 이 정도의 비라면 맞으면서 산행해도 좋겠지.' 십분 다짐을 해가며 용기를 냈다.

다들 비옷으로 갈아입고 아이젠을 착용했다. 아이젠이 없는 사람은 산 대장님이 하산 조치를 했다. 다시 산행을 계속했다. 산은 험하지 않았지만, 아직 얼음이 녹지 않아 길이 몹시 미끄러웠다. 그리고 어떤 곳은 찰떡같이 질척거리는 흙길이라 여간 힘든 게 아니었다.

얼마나 올라갔을까? 바위가 병풍인지, 치마처럼 둘러쳐져 있다. 그곳이 서석대였던가. 힘들게 올라왔기에 흔적 삼아 기념사진 몇 장 찍고 다시 올라갔다. 무등산 정상 비탈에 얇게 쌓인 눈밭이 아직 겨울을 떠나보내지 못하고 있었다. 우의를 입은 우리들의 모습이 마치 히말라야를 등정하는 박쥐 떼들 같았다.

또다시 비가 내렸다. 아이젠을 신지 않은 다시 님은 카메라 기자가 되어 빗속에서도 아랑곳하지 않고 사진을 찍어 주었다. 땅만 보며 걸었다. 어디가 정상인지도 모르겠다. 흙길을 지나고 얼음골 깊은 계곡도 지나 가파른 돌계단도 올랐다. 이렇게 비를 맞고, 구부러진 눈길을 걷고, 오르막 내리막 산행할 때면, 이 길이 인생길과 같다는 생각을 하게 된다. 그리고 우람한 자연 앞에서 무한한 경외심과 자연 순응의 겸손함을 터득하기도 한다.

한참을 오르다 보니 무등산 능선에 도착한 듯싶었다. 그런데 이게 웬일인가. 나도 모르게 괴성이 절로 터져 나왔다. 억새풀들이 서로 물결을 이루며 속살대는 멋있는 능선이 아니라 비바람이 세차게 눈과 볼을 때리고 몸을 가눌 수 없는 험악한 벌판이었다. 적어도 내 기대는 날이 개어 눈을 들어 맑고 푸른 하늘을 보고 싶었고, 시야가 탁 트인 명산의 운치를 감상하길 바랐다.

비옷은 금방 찢어질 듯 괴성을 질러댔다. 비바람에 이리저리 쏠려 좌우로 비틀거리는 우리들, 마치 어두운 밤, 술에 만취하여 비틀거리는 술주정뱅이들 같았다. 여기저기에서 비명이 터져 나왔다.

"오매! 나 죽겠소. 누가 날 좀 잡아줘요….”

"아이고 아버지! 오늘 나, 비바람에 날아가 버리겠소."

서로 날 좀 잡아달라고, 날 좀 살려달라고 아우성들이었다. 우리들은 야멸찬 비바람에 넘어지지 않으려고 안간힘을 썼다. 밧줄로 만들어놓은 안전대도 잡아보았지만 거센 비바람을 견딜 수가 없었다. 옆에 남성 회원이라도 있으면 같이 붙들고 가면 덜 날릴 텐데….

그런데 도무지 회원들이 하나도 보이지 않았다.

"괜찮아요?"

누군가가 비바람에 이리저리 휘청대며 넘어가는 나를 붙잡는 듯하더니 이내 사라졌다. 등산로 안전대를 놓으면 정말 금세라도 날아가버릴 기세였다. 길은 가도 가도 끝이 없다 "같이 가요. 혼자 가면 날려가지만, 서로 뭉쳐서 같이 가면 안 넘어질 거 같아요." 비바람은 어느새 내 비옷을 홀라당 뒤집어 놓더니 시야를 가렸다. 이젠 걷기도 힘이 들었다. "내 살다 살다 이런 거센 바람은 처음 맞아본다." 어쩌다 한탄하는 소리가 겨우 바람결에 들려왔다. 볼을 세차게 때리는 빗방울은 따갑기 그지없다. 술 취한 사람처럼 이리저리 바람 부는 대로 휘청대다가 또 정신을 차리며 걷고 또 걸었다. 몸은 느리고 그렇게 한참을 나아갔다. 마치 히말라야산맥을 종주하는 기분이었다.

"휴! 다들 죽지 않고 살았구나."

산 대장은 이미 와 있었다. 그는 하나하나 인원을 점검하고 다시 하산 길로 안내했다. 비바람이 세차게 몰아치니 산 어디에서도 밥 먹을 곳이 없었다. 점심식사는 하산 후 식당에서 먹기로 하였다. 비옷도 다 벗겨지고 우산도 다 망가져 있었다.

물이 흘러내리는 비옷을 버스정류장에서 갈아입고 차를 타니 오후 다섯 시가 되었다. 젖은 양말을 벗어 식당 화장실에서 물기를 짜내고, 히터 앞에서 선 채로 젖은 옷을 말렸다. 따뜻하고 맛있는 돼지고기 찌개를 먹고 나니 몸이 풀리기 시작했다.

1차 히말라야 원정과 같은 무등산 산행은 이렇게 비를 쫄딱 맞으며 끝이 났다. 이번 무등산 산행은 세찬 비바람 속 극기훈련이었다. 2주 전에 한 수리산 산행이 '초보 극기훈련'이었다면 이번 산행은 내 생애 최고의 극한체험으로 평생 잊지 못할 추억이 될 것이다. 거센 광기의 바람이 강타하는 무등산. 무엇보다 억새 능선에서 내 도시락과 등산 가방을 대신 져준 회원들에게 감사드린다.

다들 기다려 주고 참아주고 함께 걱정해 주는 동료애가 좋았다. 산행하면서 먼저 건강을 챙기겠지만 인내심도 기르고, 회원들과 동료애와 우정이 생겨 좋았다.

다음에는 또 어느 산으로 '극기 훈련'을 떠날까. 겁이 나면서도 또한 사뭇 기대된다.

지금도 센 바람만 만나면 무등산 산행길이 떠오른다. (2011)

봄의 유혹

시리도록 화려한 사월이고 미치도록 잔인한 사월이고, 사무치도록 허탈한 사월이고, 잎 지고 나면 그만인 사월이고, 속살 드러내고 살포시 웃음 피우며, 한 시절 속절없이 지나가면 그만인 사월이고, 긴긴 겨울날 맨살 드러내고 추위와 비바람 견뎌온 매화처럼, 나는 그대를 손꼽아 기다렸다 그대는 꿈이며 사랑이었다, 나는 지금 그대를 만나러 가고 있다, 그대는 사랑이고, 속삭임이고 희망이다 그대는 손짓하고 속삭인다 "나와보라고, 밖으로 나와보라고" "기지개를 켜고 멀리 세상을 바라보며 힘차게 뛰어가 보라고", 나는 그대의 소리와 유혹을 뿌리치지 못하고, 그대 곁으로 다가서려고, 새벽 6시, 알람을 맞춰놓고, 전날 밤, 설레는 가슴 새벽 세 시까지 잠들지 못해, 알람이 언제 울었는지 눈 뜨니 6시 20분이고, 로션을 바르고 부산을 떨고, 그대는 오늘 어떤 빛으로 나를 맞이해 줄까, 노랑일까 핑크일까 설레고 설레며, 일행들이 있는 곳으로 가고 있고, 버스는 아침 7시에 출발하기로 했는데, 하늘을 보니, 회색빛 하늘이 저녁 굶은 시어머니 모습이고, "오늘 그대 화사한 모습 대신 비만 쫄딱 맞는 건 아닐까?" 개운치 않은 마음으로 범어사거리로 가고 있고, '참 행복한

여행'이라는 단체 버스로 봄볕 속 화사한 그대를 만나러 진해로
가고 있는데,

그대여 사랑이여, 그때 그대는 나에게 한 무리 벚꽃이었노라
고, 유혹의 봄날이었노라고

바퀴를 따라서

포항시 장기長鬐에서 219년 전의 다산 정약용을 만나보고 싶었다. 장기 읍사무소에 전화해서 장기 유배문화 체험촌으로 가는 길을 안내받았다. 직원 K 선생은 친절했다. 이동 사거리 그린빌 아파트 앞에서 막 도착한 216번 버스를 탔다. 올봄부터 답사를 계획했는데 그만 코로나 19 때문에 가지 못하고, 조금 잠잠해지기에 길을 나선 것이다.

올해 2월, 시가 잘 쓰이지 않을 때였다. 다산에 관한 책을 몇 권 빌리고, 구입해서 읽었다. 그중에서 다산이 유배지에서 지은 『한밤중에 잠 깨어』와 『유배지에서 보낸 정약용의 편지』가 가장 기억에 남는다. 유배지에서 보낸 선비의 아픔과 쓸쓸함, 그리움이 그대로 배어 있었다.

이곳 장기가 다산의 첫 유배 장소라는 것, 다산이 이곳에서 220일 동안 지내면서 130여 수의 시를 지었다는 것을 알게 되었다. 그 시들이 궁금했다. 먼저 포항문화원에 부탁하여 김윤규의 『다산茶山 장기 유배 문학 산책』과 이상준의 『영일 유배 문학 산책』을 구해 읽었다. 그리고 이 책에서 받은 감명과 생각을 내 나름대로 열심히 적어 놓았다.

얼마 후, 정 다산을 화자로, 그의 아내에게 부치는 편지 형식의 시 여섯 편을 썼다. 그 시로 지난여름 《서정시학》에 응모했는데 다행히 신인상을 받게 되었다. 다산과는 그런 연유로 인연이 되어 219년 전 장기에서 다산을 만나보고 싶었던 것이다.

오거리 정류장이라고 내린 곳은 죽도시장. 기사님은 그곳을 오거리 정류장이라고 잘못 가르쳐 주었다. 한 정거장을 더 지나온지라 다시 K 선생에게 전화했다. 되돌아갈 때는 비닐우산이 홀라당 뒤집힐 정도로 비바람이 세찼다. 가르쳐 준대로 버스 환승센터에서 감포로 가는 800번 버스를 탔다. 가다가 오촌 시장에서 버스를 갈아탔다. 한참을 돌고 돌았다. 요즘에도 '장기'로 가는 길이 이리 불편한데 조선 시대에는 오죽했을까. 버스는 한참을 달리다가 '장기'라는 한적한 마을에 도착했다.

비는 그쳤고 하늘은 옅은 구름에 가려 있다. 길가에 개망초꽃들이 손을 흔들며 마중 나왔다. 산딸기 밭이 군데군데 보였다. 5분 정도 걸으니 야트막한 산자락에 유배문화 체험촌이 눈에 들어왔다. 관리소 앞에는 함거檻車·轞車와 수레를 끄는 소와 압송관 등이 실물처럼 만들어 전시되어 있었다. 저런 수레를 타고 다산은 장기까지 왔을까. 말을 타고 왔을까. 함거 옆에는 십자형의 곤장 형틀과 곤장, 죄인의 목을 끼우는 칼도 있었다. 저 형구에 형장의 이슬로 사라진 이들이 얼마나 많았을까.

조선 시대의 유배流配란 중국 명나라의 대명률大明律을 따라 태형笞刑, 장형杖刑, 도형徒刑, 유형流刑, 사형死刑이란 형벌로, 그 네 번째에 해당된다. 처음에는 멀리 내쫓는다는 뜻으로 쓰다가 후에 먼 섬이나 시골 등으로 보내어 일정한 기간 제한된 지역 안에서만 살게 하였다. 우리말로는 '귀양'이라 하여 죄를 지어 관직에서 쫓겨난 사람을 고향으로 보냈던 것에서 유래한다.

유배문화 안내판의 글을 살폈다. 이곳 장기는 조선 시대 세종 때, 「배소상정법配所詳定法」에 따라 서울에서 30개 역 밖으로 떨어져 있는 바닷가 고을이고, 또 장기현이란 관아가 있어 죄수들을 관리할 수 있어 유배지로 자주 이용되던 지역이었다. 당시 장기로 유배 온 사람은 모두 149회 211명(남자 172명, 여자 39명)으로, 국내에서 단일 현縣으로는 가장 많은 숫자로 기록되어 있다. 이곳으로 유배당하여 오는 길목은 한양-남태령-안성(죽산)-충주-문경-상주-함창-의흥-신령-영천-경주로 이어지는데, 이를 영남대로라 했다. 당시 10일가량이나 걸리는 서울에서 860리, 매우 멀고 험난한 길이었던 셈이다.

장기로 유배 온 대표적인 인물로는 다산 정약용 외에도 운재 설장수, 우암 송시열이 있다. 우암의 보수주인(保受主人: 죄인의 유배 생활을 위탁받아 관리하는 집주인)은 장기에서 오랫동안 선비로 살아온 오도전吳道全이 있었고, 다산의 보수주인은 군교 출신인 성선봉成善封이 있었다.

대리석 벽 쪽으로 걸음을 옮겼다. 벽에는 장기로 온 유배인들의 이름과 유배 사유에 관한 글이 빼곡하게 적혀 있다.

먼저 우암의 유배지로 발걸음을 옮겼다. 가운데 기와집이 오도전吳道全의 집이고 왼쪽에 있는 초가집이 우암의 유배지였다. 우암은 숙종 원년(1675년) 6월 10일에 예송 논쟁 사건으로 장기 마현리로 유배를 왔다. 그는 부실과 동생 시도와 시걸, 아들 기태, 손자 주석과 증손자 일원과 유원까지 함께 왔다. 그런데 정실은 왜 데려오지 않았을까 하는 의아한 생각이 들었다.

우암의 유배지는 현재 장기초등학교를 그 터로 보고 있다. 우암은 약 4년간 이곳 마현리 오도전吳道全의 집에 위리안치되었다가 나중에 거제도로 이배 되었다. 그가 이곳에 있는 동안 17세기 후반 조선사회를 지배했던 국노거유國老巨儒 답게 장기 사람들에게 깊은 사상과 철학들을 한 움큼 심어놓고 갔다. 유배 도중에도 많은 정객들이 이곳을 방문했다고 하니 당시 그의 권력의 정도를 짐작할 수 있었다.

다산의 유배지로 발길을 옮겼다. 다산은 신유박해로 유배되었다. 우암의 유배지와는 비교가 될 정도로 규모가 작았다. 작고 초라한 초가집, 방은 왼쪽에 한 칸, 작은 마루 하나가 전부였다. 다산의 방은 "새벽에 일어날 때 머리통은 찧더라도/ 밤에 누우면 무릎은 펼 수 있어"라고 시에서 말한 대로 누우면 겨우 다리를 뻗을 정도로 협소했다. 그리고 방안에는 사기 호롱과 사기요강, 궤짝, 작은 책상만이 쓸쓸하게 지키고 있다.

그 앞마당에는 두 남자가 도리깨를 들고 보리타작하는 조형물이 보였다. 문득 보리타작하는『장기농가』첫 장이 생각났다. "보릿고개 험하기가 태항산 같아/ … / 어느 누가 풋보리 죽 한 사발 떠서/ 주사 대감께 맛보라고 바쳐볼 건가." 다산은 보릿고개의 굶주림을 태항산보다 험한 고개라 비유했고, 풋보리 쑨 죽을 대감께 줘서 농민의 실정을 알리라고 꼬집었다. 이렇듯 다산 선생은 장기에 머무는 동안 장기현 민초들의 생활상과 정서를 사실적으로 표현했다. 그의『기성잡시譬城雜詩』27수,『장기농가長譬農歌』10장 등의 시구에서 외롭고 고달픈 유배생활의 일면이 묻어난다.

장기읍성에 가보고 싶었다. 해설사에게 물으니 장기읍성은 이곳에서 도보 20분 거리에 있다고 했다. 읍성으로 가는 길에 장기초등학교에 들렀다. 코로나 때문에 교문이 닫혀 있었다. 유배 당시에 우암이 심었다는 은행나무를 울타리 밖에서 보았다. 교정한쪽에 있는 우암과 다산의 사적비도 보았다. 학교 건너편에 있는 장기읍 성곽이 한눈에 보였다.

장기읍성 입구에는 장기향교가 있었다. 다산은 신유년(1801년) 3월 9일, 이곳 장기에 도착하자마자 장기읍성으로 왔다. 향교 안에는 공사 중이라 못 들어가고 향교 담장을 따라 걸었다. 해설사에 의하면 다산은 도착하자마자 곤장 백대를 맞고 바로 장기향교에서 유배 첫날을 보냈다고 한다. 어떻게 걸어갔을까.

발걸음마다 피가 맺히지는 않았을까. 장기읍성을 오르는데 내 발목이 무겁다. 그때, 장기읍성을 나서던 다산의 발걸음이 이러했을까.

'장기읍성 동문'이라는 팻말이 꽂힌 곳까지 갔다. '조해루朝海樓'라는 누각이 있던 곳이라는데 누각은 보이지 않았다. 다산이 장기읍성 성곽에서 지었다는 시구가 생각났다. "조해루 용마루에 지는 해가 붉을 때/ 관리가 나를 몰아 성 동쪽에 나왔네." 나는 타임머신을 타고 조선시대의 다산이 되어본다. 조해루를 보던 다산의 가슴도 핏빛으로 탔으리라. 저녁노을로 물들였던 길 가장자리에 고여 있던 빗물이 비탈길 위로 흘러내린다.

219년 전, 다산도 이 자리에서 당신의 유배지를 내려다보았을까. 아니면 고향을 생각했을까. 장기초등학교와 향교가 서로 가깝게 있다. 해는 핏빛으로 물들이며 서산에 지고 있다. 다산의 발자취 따라 장기읍성 동문에 발 도장을 찍어본다.

장기현의 유배생활에서 다산의 문학은 농민의 애환과 생활상을 다루며 관리들의 목민 행태를 비판하고 고발했다. 온전히 그의 삶과 문학은 민초들 중심에 서서 현장과 함께 하였던 것이다. 그래서 그의 시를 읽으면 당시 민초들의 생활상과 역사의 장면들을 파노라마처럼 보는 듯하다. 사람은 가도 문학적 삶의 혼은 영원히 남는 것. 다산의 세대를 초월한 문학적 향기에 절로 머리가 숙여진다. (2020)

늦가을 들판을 바라보며*
— 아내에게 부치는 다산의 편지

조석으로 선득하고 서리가 내리는 이때 잘 지내시오?

백발과 흰 수염은 나보다 먼저 늙어 바람에 날리고 있소.

황금 들판은 농부들의 일손으로 이제 빈 들녘이 되었소.

모든 것 내어주고 황량하게 서 있는 한 선비의 모습 같소.

장기長鬐에 와서 농민들의 생활을 보면서 많은 생각을 하게 되

었소.

태산 같은 보릿고개를 넘고 힘들게 일하면서도 가난하게 살아

가는 농부들

육신은 고달파도 그들은 육신의 노예가 아닌 마음들이었소.

학연이가 보내 온 수십 권의 의서醫書와 약초 한 상자는 잘 받

았소.

나는 시를 짓고 의서를 읽으며 마음공부를 하고 있소.

일전에는 관인官人의 아들이 내게 이런 청을 하였소.

"장기의 풍속은 병이 들면 무당을 시켜 푸닥거리만 하고 효험

이 없으면 체념하고

죽어갈 뿐인데, 공公은 어찌하여 보신 의서로 궁벽한 이 고장

---

* 이 시는 사실을 바탕으로 하되 다산의 목소리를 빌려 상상하며 창작한 시임.

에 은혜를 베풀지 않습니까."*

그래서 가슴에 묻은 여섯 자식이 생각나 의서를 짓기로 했소.

불쌍한 백성들을 위해 틈틈이 써 오던 의서를 이제 마무리하
게 되었소.

학연이와 학유에게도 양잠하면서도 학문에 힘쓰라고 해 주오.

만약 내가 귀양살이에서 풀리면 같이 책을 고찰할 계획이니
말이오.

이배된다고 하니 이 글이 장기에서 부치는 마지막 편지가 될
것 같소.

추운 날씨에 부인도 몸 건강하시길 바라겠소. 또 소식 전하겠소.

신유년辛酉年 10월 장기長鬐에서 쓰다

---

* 관인: 객관을 지키고 손님 접대를 하는 사람. 김윤규, 다산茶山 장기 유배 문학 산책,
  포항문화원.

손 편지

첫 시집을 지인들에게 보냈더니 몇몇 사람들한테서 답신이 왔다. 그중에 인상 깊은 답신은 J 교수님께서 보내온 엽서였는데 거기에는 만년필로 나의 시 「문에도 멍이 든다」가 적혀 있었다. 나는 그 엽서를 사진을 찍어 컴퓨터에 잘 보관하고 있다.

시대가 첨단 디지털로 달리는 이때, 나는 아날로그를 좋아해서인지 손 편지나 엽서를 받으면 뭉클해지면서 추억에 젖곤 한다. 엽서를 아날로그 앨범 속에 간직하기 위해서 앨범을 펼쳤다. 납작해진 추억이 앨범 속 투명 종이 아래에서 하나씩 일어선다.

커다란 종이로 된 앨범 여백에는 조병화 시인의 「공존의 이유」, 한용운의 「생의 예술」, 서정윤의 「홀로서기」 등이 필사되어 있고 드문드문 자작시가 끼어 있다. 누구를 그토록 그리워하며 아파했는지, '그리움'이라는 시어가 보이고 생일날 보내온 친구의 엽서에는 나를 위로하는 문구가 있었다. 이십 대, 젊음을 수놓던 그때의 흔적들이다.

이메일도 인터넷도 없던 시대의 이야기다. 고등학교 시절부터 친한 친구들과 방학이 되면 종종 편지를 주고받았다. 좋아하는 시 박목월의 「나그네」와 조지훈의 「완화삼」 김소월의 시 등을 써서 보내며 얼른 방학이 끝나기를 기다렸다. 그 무렵 친구만큼이나 내게 편지를 해 주는 벗이 한 명 있었다.

외동딸이어서 사춘기에 나는 외롭게 자란 편이라 말벗이 그리웠다. 보수적이고 엄격한 집안에서 자라다 보니 학교 진로문제로 고민할 때는 답답하기도 했다. 그때 그는 내게 멘토가 되어주었다. 과묵하긴 해도 친오빠보다 더 내 얘기를 잘 들어주었다.

그때 내 마음을 열게 해 준 것이 편지였다. 우리는 자주 편지를 주고받았다. 그에게서 처음으로 날아온 편지가 개봉된 엽서였다. 만년필로 쓴 엽서. 학교로 와서 놀랐지만, 그의 학교 이름에서 믿음이 갔던지 담임선생님은 웃으며 그냥 건네주었다.

손 편지를 쓸 때는 그 기억이 오래 남는 것 같다. 시를 필사하거나 서평을 쓸 때도 마찬가지이다. 글자를 쓰면서 눈도 머리도 손끝에 감각도 같이 기억하는 것 같다.

그때 나는 그와 많은 대화를 글로 나누었는데 내용이 다 기억나지는 않는다. 그는 주로 나의 진로를 걱정하며 꿈과 희망을 주는 글을 보내왔던 것 같다. 집안 사정이 힘들어도 대학에 진학하라는 것, 특히 기억에 남는 내용이 있는데 이런 글귀였다.

"꽃은 지기 전에 꺾이어야 그 향기가 남고, 소나무는 부러지기 전에 꺾이어야 그 푸르름이 남는다."

당시 행정학을 강의하던 교수의 말이라는데, 퍽 인상적이었다. 세월이 많이 흐른 지금에도 생각나는 명문장이다. 글이 함의

하는 뜻을 알 듯도 했지만 묻지는 않았다.

시를 쓰려고 대상을 바라보거나 말을 걸 때, 그리하여 그 대상이 시가 되어 작품으로 완성될 때 나는 그 대상을 잊지 못한다. 길을 가다가도 어느 날 내 작품 속에 들어온 대상을 만나면 반가워 아는 체를 한다. 마치 일체감 같은 것을 느끼게 된다.

어쩌면 손 편지도 그와 비슷한 건 아닐까. 정성껏 쓴 한 자 한 자에 상대의 숨결이 그대로 전해지는 듯해서 그 기운을 오래도록 잊지 못하는 것. 그리하여 오래도록 누군가의 가슴에 여운으로 남아 있는 것, 그것이 명문장, 글의 힘이 아닐까. (2023)

가을 햇살

어젯밤에는
얼음이 얼었어요
당신에 대한
화살처럼 지나가는
시간

저물어 가는 가을이
내 방 창문을 살며시 열어 봅니다
창문에 어리는 얼굴 하나 있습니다

밤새 꽁꽁 언
단풍나무 이파리
전날의 한기를 걷어내고 있는 시간

마시던 커피의 온기로
내 마음의 얼음조각은
어느새 물빛처럼 반짝거립니다

작가의 창窓

　오랜만의 휴일에 작품의 소재로 삼았던 가마솥을 만나러 민속촌에 간다. 나는 가마솥에서 무엇을 얻으려는 것일까. 평일의 민속촌은 한적했다. 지천에 널린 꽃들도 저마다 환한 표정이다. 빨갛게 물든 철쭉꽃들이 누군가를 기다리듯 서성이고 있었다. 나는 무엇을 기다리는 것일까. 그것은 내 작품 세계의 지평을 견고하게 열어 줄 문학적 창窓을 지니고 싶어 하는 것이 아닐까.

　문학 활동을 하면서 내 관점이 달라졌다. 새로운 시각의 창窓이 열린다고나 할까. 새로운 창窓이란 보이지 않는 이면의 세계에 대한 관심이라 할 것이다. 그 창窓으로 이면의 세계를 넓히는 것이 아닐까. 조금씩 그러한 눈으로 열려가고 있다. 눈은 몸뿐 아니라 정신의 창窓이다. 새로운 발견과 기쁨을 보고 느끼는 하나의 창窓.

　땀을 식히며 잠시 쉴 요량으로 툇마루에 걸터앉았는데 마당 한편에 까만 가마솥이 눈에 띈다. 가마솥, 내 어릴 적 아스라한 기억들이 일어선다.

　어느 해 동짓날이었다. 어머니는 늘 그래 왔듯이 아침 일찍 고개 너머에 있는 절에 가시고 나는 찹쌀가루를 익반죽해서 새알심을 만들었다. 동글동글한 새알심을 만드는 것은 재미있었다. 빨리 만들고 싶어서 새알심 모둠을 두 개씩 손바닥에 넣고 비비고 굴렸다. 새알심 만들기가 끝나갈 무렵 집에 오신 어머니는 서둘러 편한 옷으로 갈아입고 가마솥 아궁이에 불을 지폈다.

팥을 삶고 거르고 끓인 팥죽에 새알심을 넣고 조금만 기다리면, 자줏빛으로 옷을 갈아입은 새알심들이 뽀글뽀글 끓어오르는 팥죽 위로 송송 얼굴을 내미는데 그게 그리도 신기했다. 팥죽이 다 끓어갈 무렵 어머니는 팥죽을 한 바가지 담아 부엌과 방문 앞, 뒷간으로 해서 집 전체를 한 순가락씩 뿌렸다. 잡귀와 재앙을 없애달라는 기원이었으리라.

민속촌, 까만 가마솥에서 지난날 어머니의 모습을 본다. 가마솥은 어머니였다. 강하고 인내로운 큰 사랑이었다. 얼마나 많은 흔적을 담았던가. 까만 가마솥단지 뚜껑에서 윤기가 흐른다. 내 어머니가 가족을 위해 사랑과 정성으로 매일같이 닦아냈을 솥뚜껑도 이런 것이 아니었던가. 5월의 찬란한 햇빛을 받아 가마솥은 더욱 빛이 난다. 어머니의 사랑은 이보다 더 눈부시지 않았을까.

담장에 늘어선 분홍빛 꽃들과 연둣빛 나뭇가지, 사진 속에 까만 가마솥단지까지 담아본다. 나를 찍어 줄 만한 사람을 찾아보지만 마땅한 사람이 보이지 않는다. 마침 가마솥단지 앞에서 사진기 다리를 세우고 있는 두 사람을 발견했다. 사진작가인 듯하다. 그들은 무엇을 담기 위해 가마솥을 찍으려는 것일까?

같은 대상을 보고도 그들과 내가 갖는 느낌과 표현은 어쩌면 같지만은 않으리라. 나는 가마솥과 함께 사진 속으로 들어갔다. 나도 하나의 작품이 되고 싶다.

주위가 온통 어릴 적 고향 같은 민속촌이다. 보리밭에서는 보리가 살며시 고개를 내밀고 있다. 보리밭을 지나니 햇빛을 한몸에 받고 있는 두 그루의 고목이 눈에 들어온다. 5월 햇살이 큰 나무기둥에 걸려 눈이 부시다. 두 그루의 나무둥치는 마치 한 몸을 이루는 듯했다. 그 나무를 사진으로 담고 싶어 걸음을 늦추었다.

"사진 찍어드릴까요?"

조금 전에 사진을 찍어 준 그가 말했다.

망설이다 인사를 하고 포즈를 취했다. 서로 기대어 밑둥치가 한 몸으로 붙어 있는 연리목이다. 왜 그들은 지나쳐가고 내 눈에는 그것들이 보였을까. 같은 사물이나 대상을 보더라도 이렇듯 관심과 시선이 다른가 보다.

두 사진작가와 같이 걸었다. 철쭉이 만개한 연못가에 도착했다. 우 작가는 초보이고 가마솥 앞에서 내 사진을 찍어준 분은 프로 작가라고 했다. 우 작가는 또 내 사진을 찍어주었다. 내가 문예지에 올릴 사진도 필요하다고 하자 그는 사진을 더 정성 들여 찍어주었다.

"오늘 민속촌에서 어떤 남자를 만났던 일도 수필 속에 좀 넣어주세요."

그의 웃음이 참 천진스럽다.

빨간색 반소매 티셔츠 차림으로 얼굴의 잔주름이 예순을 넘어 보이게 하지만, 마음은 동심처럼 맑아 보였다.

작가가 되는 길에서 만난 동행들이었다. 그들은 민속촌에 수 없이 사진 촬영을 나왔다고 했다. 오늘은 그동안 보지 못했던 건물들도 봤다고 했다. 그렇게 많이 왔어도 놓친 부분이 있다는 것이다. 그것이 관심이요 사랑이 아닐까.

작가의 창窓은 늘 맑고 밝게 닫혀 있어야 한다. 언제든 어디서든 어떤 것을 담을까 긴장을 늦추지 않고 고심해야 한다. 나는 숙제하듯 여기에 왔지만, 그들처럼 나도 앞으로 같은 장소라도 수없이 오가며 새로운 소재 찾기와 감동을 만드는 작가가 될 것이다. 렌즈도 활짝 열고 각도도 달리하며 세상과 자연의 소리, 보통 사람이 보지 못하는 사물의 이면까지도 담아내는 그런 작가의 맑은 창窓을 만들어야겠다. (2013)

대륙

증조할아버지는 4형제를 낳으셨다

어렸을 때 어머니 아버지는 자주 족보와 뿌리에 대한 얘기를 해 주시곤 했다

나는 가끔 족보 따지는 일이 머리가 아팠다 할아버지의 아버지, 그 아버지의 아버지, 그 자손들의 숫자와 촌수, 이름들을 따질 때마다 복잡했다

그때 동래 정씨 몇 대 손이 백 호戶가 넘는 마을을 이루며 살고 있었다

명절날 집에서 차례를 지낼 때는 대청마루에서 뜰 아래까지 줄을 서야 했다

한 사람의 씨앗이 한 마을을 이루고 그 마을은 대륙처럼 커져 나가는 것 같았다

할아버지의 형제는 4형제였다 그 아래에서 태어난 자손들이 엄청나게 많았다

할아버지는 증조할아버지의 세 번째 아들이라고 했다

>

증조할아버지의 큰아들(경호 할배)에게서 네 명의 자식이 태어났다(4)

그 자식들에게서 다시 스무 명의 자식이 태어났다(20)

스무 명의 자식에게서 다시 사십 명의 자식이 태어났다(40)

증조할아버지의 둘째 아들(고랑집 할배)에게서 여섯 자식이 태어났다(6)

밭매다가 밭고랑에서 태어났다고 붙은 고랑집 할배

그 자식들에게서 다시 스물일곱 명의 자식이 태어났다(27)

스물일곱 명의 자식들에게서 다시 오십 네 명의 자식이 태어났다(54)

증조할아버지의 셋째 아들(동진)에게서 다섯 자식이 태어났다(5)

그 자식들에게서 다시 스물 네 명의 자식이 태어났다(24)

스물 네 명의 자식에게서 다시 오십 명의 자식이 태어났다(50)

증조할아버지의 넷째 아들(규동 할배)에게서 다섯 자식이 태어났다(5)

그 자식들에게서 스물세 명의 자식이 태어났다(23)

스물세 명의 자식들에게서 마흔여섯 명의 자식이 태어났다
(46)

4형제에게서 태어난 자식과 손자들이 모두 304명이었다
그들의 부부와 자식들까지 모두 (   )명이었다

할아버지는 오남매를 낳으셨다
할아버지의 맏아들에게서 여섯 명의 자식이 태어났다(6). 수
양딸도 한 명 있다
할아버지의 두 번째 자식인 맏딸에게서 세 명의 자식이 태어
났다(3)
할아버지의 세 번째 자식인 둘째 딸에게서 여섯 명의 자식이
태어났다(6)
할아버지의 네 번째 자식인 셋째 딸에게서 네 명의 자식이 태
어났다(4)
할아버지의 다섯 번째 자식인 아들에게서 다섯 명의 자식이
태어났다(5)

할아버지의 오남매한테서 태어난 자식들이 24명이었다
그들의 부부와 자식들까지 모두 33명이었다

아버지는 오 남매를 낳으셨다
아버지의 맏아들에게서 세 명의 자식이 태어났다(3)
아버지의 둘째 아들에게서 두 명의 자식이 태어났다(2)
아버지의 셋째 아들에게서 두 명의 아들이 태어났다(2)
아버지의 넷째 자식인 딸에게서 두 명의 자식이 태어났다(2)
아버지의 다섯 번째 자식인 아들에게서 두 명의 자식이 태어났다(2)
오남매한테서 태어난 자식들이 11명이었다
그들의 부부와 자식들까지 21명이었다

할아버지와 할머니의 자손이 부부 포함하여 모두 33명이었다
아버지와 어머니의 자식과 손자녀 부부 포함하여 모두 21명이었다
삼 대에 걸친 증조할아버지의 자손은 모두 304명이었다

>

건듯 불어온 바람에 삼대의 씨앗들이 모여 하나의 마을을 이루며 살아가고 있다

하나의 생명과 탄생은 하나의 대륙을 이루는 것 같았다

한 마을에서 증조할아버지가 태어나고 할아버지가 태어나고 아버지가 태어나고 내가 태어났다 마을 하나가 태어났다 한 마을이 태어난 것은 대륙 하나가 태어난 것이다

이자이 李滋伊

육십사 년 동안 이름이 없던 어머니
열일곱에 시집가서 얻은 이름은
연산댁이었다

첫째를 낳고 상진이 엄마
둘째를 낳고 승표 엄마
셋째를 낳고 광표 엄마
넷째를 낳고 임숙이 엄마
다섯째를 낳고 정표 엄마

팔순 노인이 되자
드디어 요양원에서 찾게 된 이름
오얏 이李, 불을 자滋, 저 이伊,
이자이

영정에 새겨진
화장터 전광판에 올라온

묘비에 새겨진 이름

이자이李滋伊

어머니는 어머니를 버리기 위해서
평생을 사신 것이다

3부
목숨 한 잎

목숨 한 잎

빌라 단지 울타리에 하얀 목련꽃이 다발 다발 피었다. 골목길로 고개를 내민 목련 꽃다발이 마치 신부의 부케 같기도 하고, 창백한 어머니의 미소 같기도 하다. 오래도록 목련꽃에서 시선을 떼지 못한다. 담장 너머 하얀 목련꽃을 바라보며 슬픈 노래를 부르던 어머니. 가슴이 시리다. 목련꽃 속에서 몇 해 전 일이 떠오른다.

살고 싶지 않다고 어머니가 말했다.

"6년 있으면 내 환갑인데 그때까진 살아야지" 셋째 오빠가 말했다.

자식한테 분함 당하고 살면 뭐 하냐고 어머니가 말했다. 절로 도망가고 싶지만 아버지 때문에 못한다고 했다. 약봉지를 들고 거실에 앉은 어머니가 그 말을 곱씹었다.

"더러븐 놈, 그게 부모한테 할 소리가?"

노모가 약을 털어 넣으며 분함도 같이 털어 넣었다.

"너무 오래 살까 봐 걱정이다. 귀신 없는 죽음 할 수도 없고…."

어머니의 가냘픈 어깨가 들썩이고 있었다.

정원에 목련꽃이 창백하다. 봄비에 풀 죽어 고개 숙인 꽃. 온 산에는 봄꽃들이 함성인데 우리 집 꽃들은 소리 없이 피었다.

언제부터인가 어머니는 애지중지 키운 대들보라고 믿었던 사람 앞에서 기가 죽었다. 백호白虎 같은 고함소리 때문이었을까. 등이 휘어질수록 목소리가 작아졌다. 대쪽 같은 성격에 카랑카랑한 목소리는 어디로 갔을까. 다른 자식들도 그 앞에서는 할 말을 삼켰다. 친정집 고목에는 바람 잘 날이 없었다. 백호는 수시로 친정에 태풍을 몰고 왔다. 생활비를 드릴 때나, 가끔 어머니가 아프다고 호출하면 천둥소리를 냈다. 내가 부모님을 간병할 때에도 고함을 지르며 나가라고 했다. 왜일까? 자존심이 상한 걸까.

파킨슨병으로 십 년째 휠체어를 타고 계시는 아버지. 대변은 스스로 해결하는데 소변을 받아내고 있었다. 거실에서 안방까지 널브러진 오줌 그릇. 스텐 양푼에는 아버지의 오줌이 찰랑거렸다. 어머니는 그릇에 담긴 오줌을 보리차로 알고 몇 번이나 마셨다. 그때마다 "내가 먼저 죽으면 너그 아부지 천덕꾸러기 되는데 우짜노?"

밤하늘에 달을 보며 손등으로 눈가를 누르곤 했다.

어머니도 말을 삼키는 법을 익혀 가고 있었다. 삼킨 말을 다 소화하지 못하면 내 앞에서 구토하듯 토해냈다. 몸과 마음이 마른 낙엽처럼 쪼그라드는 어머니, 바람 부는 대로 구르고 있었다. 할 말도 오래 참으면 병이 될까. 백 일간 말을 삼키던 어머니가 기어이 병이 났다.

부모님은 여생을 집에서 보내고 싶어 했다. 아직은 두 분 정신이 온전하니 요양원에 가고 싶어 하겠는가. 고추를 따다 허리를 다쳐 활등이 된 어머니. 아버지 간병에 밥하는 것이 큰 고역이었다. 형제들이 부모님 봉양에 나섰지만 모두 백호에 의해 제지당했다. 부득이 주간 요양센터를 이용할 수밖에 없었다.

오월 어느 날이었다. 새벽 여섯 시경, 심장이 아파 죽을 거 같다는 어머니의 전화를 받고 백호한테 연락했다. 그러고는 곧바로 택시를 타고 친정으로 갔다. 대문간에 발을 딛기가 무섭게 흥분한 백호의 소리가 사방에 흩날렸다.

"니는 와 자꾸 친정에 들락거리노?"

"엄마가 걱정이 돼서 왔어요."

"이제 좀 낫다."

기어들어가는 어머니의 목소리를 현관 앞에서 들었다. 그때

"살 만큼 살았는데 아프면 죽으면 되지. 이년아! 다시는 친정에 발걸음도 하지 마라."

백호의 망발은 나와 어머니 가슴에 커다란 구멍을 내고 말았다.

타고 간 택시로 곧바로 돌아 나왔다. 택시 안에서 계속 훌쩍거리자 운전기사가 백미러로 힐금힐금 쳐다보았다. 집에 와서 돌아버린 백호에게 장문의 문자를 보냈다. 그러고는 클래식을 들으며 마음을 가라앉히고 있었다.

그 일로 인해 어머니에게 극도의 우울증이 왔다. 비바람에 목련 꽃잎이 후드득 떨어졌다. 몇 날 며칠 전화기를 붙잡고 울면서 자식들에게 유언하고 유서까지 쓴 어머니. 담장에 목련꽃 보며 허연 천을 두른 외할머니가 담 넘어온다고 했다.

어머니는 스물다섯에 외할머니를 여의었다. 가끔 헛것이 봄꿈처럼 어머니를 찾아왔다. 한창 친정어머니가 보고 싶을, 어린 새색시 때 여의었으니 그 심정이 오죽했을까. 어머니에게도 어머니가 사무치게 그립고 필요한 존재였을 것이다.

어머니는 입속에 검붉은 꽃시詩를 키웠다. 소파에서 침대에서 한을 토해냈다. 읊어대는 가락가락이 모두 시였다. 나는 어머니와 말벗을 하며 밥상 앞에서 시를 쓰게 했다. 턱밑에 휴대폰을 갖다 대며 시를 받았다. 한 생이 입속에서 울컥울컥 나왔다.

내 머리가 고장 났네/ 내 머리가 고장 났어//
자식 흉을 안 봤는데/ 자꾸 술술 나오니까/
암만해도 내 머리가/ 고장 난 게 틀림없어//
팔십 평생 살아오며/ 자식욕을 안 했는데/
암만해도 내 머리가/ 고장 난 게 틀림없어*
─「고장 난 내 머리」 전문

어머니는 당신의 머리가 고장이 나서 자식욕을 한다고 시로 말

---

* 이자이, 2017년 제3회 「매일시니어 문학상」 특선 수상작.

했다. 살아오면서 어머니는 자식과 며느리 욕을 남들 앞에 하지 않았다. 그저 덮어주고 잘한다고 했다. 맏아들 맏며느리에 대한 사랑은 각별했다. 그러나 짝사랑도 깊어지니 병이 되었다.

어머니 방에서는 매일 강물 소리가 났다. 그 물줄기는 내게로 흘러들었다. 강변 벚나무 옹이가 내 안에서도 자랐다. 옹이 사이로 시가 나왔다. 어머니가 시로 부르면 나도 시로 답했다.

다시 목련꽃 피는 계절이다. 흑백사진 속 신부를 들여다보고 있다. 열일곱의 수줍은 얼굴, 하얀 부케 꽃이 환하다. 너무 하얗고 깨끗해서 가슴이 시려온다. 어린 신부, 어머니의 사진이다.

셋째 오빠의 환갑이 있는 달이다. 한 사람의 자리만큼 목련꽃 그늘이 드리워진다. 목련꽃 한 송이가 빈자리에 떨어진다. 우주가 텅 비었다. (2021)

십 리 부엌 길
— 사친별곡 2

엄마가 입을 열면 붉은 꽃 시詩 쏟아지네

쪼록쪼록 내 뱃속에 밥 들어오라고 소리 하네*
밥 찾으러 부엌에 가는 길, 십 리보다 더 멀구나

자식이 다섯 있다 한들 무슨 소용 있겠는가
전화하는 놈 한 놈 없고 전화하면 한 놈 받네

밥 차려 줄 놈 한 놈 없고 같이 살 놈 한 놈 없네
세월이 더럽구나 세월이 더럽구나

병든 영감 수발하다 내 등뼈가 활이 됐네
갈 곳이란 요양원뿐 이 내 신세 처량하다

자식들을 키울 때는 논 팔아서 공부시켜
죽을 동 살 동 일하느라 주름 느는 줄도 몰랐다

---

* 말년에 부르시던 어머니의 노래를 받아쓴 시.

\>

부귀영화 보겠다고 허리끈 바지끈 졸라매고
내 허리가 다 굽도록 일만 하고 일만 했다

지 에미는 안 중하고 지 자식만 중하구나
지 애비는 안 중하고 지 계집만 중하구나
세월이 변했구나 세월이 변했구나

이슬비 뿌려가며 시詩를 매일 키우시네
글썽이는 봄날에 나도 시를 짓고 있네

사친별곡思親別曲 1

"정실아! 놀라지 마라 숙모가 돌아가셨다." "오라버니 오라버니, 그게 무슨 말씀잉교?" 우는 나를 달래면서 시아버님 하신 말씀, "며눌아가 울지 마라 외가 없는 외손자가, 어디에서 났단 말고 가겠거든 갔다 온나." 소복 입고 자리 펴고 친정 쪽을 바라보며, 물 떠 놓고 절을 하고 불러보는 울 엄마야. 남산만 한 배를 안고 고무신을 벗어 쥐고. 쫓아가도 쫓아가도 발걸음은 제자리라.

"시누부야 시누부야, 미안하다 미안하다." "울 엄마는 우야고, 보리를 베고 있노?" 소낙비는 올라 카고 보리는 베야 하고. 별난 맏종부 사촌 올케 더러븐 병 걸렸다고. 전염된다 카면 설랑 청솔 가지 꺾어다가. 불사르고 꼬실라가 지날 치기로 보냈단다. 삽짝으로 나가서는 다리 뻗고 통곡했네.

  스물다섯에 보낸 엄마 보고 싶어 우예 살꼬
  강물에 떠내려간 엄마 보고 싶어 우예 살꼬
  아버지요 아버지요, 울 엄마가 그리 지겹더나
  맹장염이 심해져서 복막염이 됐던 것을

하루도 못 기다리고 다 태워 없앴더나
동네 사람 와글와글 삽짝 앞에 나와설랑
"정실아! 정실아! 지곡ㄴᄴ해라 지곡해라."
그카거나 말거나 울고 싶어 실컷 울자

아버지는 청에 앉아 닭똥 같은 눈물을. 뚜둑 뚜둑 흘리더라, 뚜둑 뚜둑 흘리더라. 우리 집에 울 아버지 왜관 장에 나가더니. 돼지 새끼 한 마리 사 온다고 하더니만. **돼지 새낀 어디 가고 할망구를 사가 왔네.** 엄마 빈소도 안 치웠는데 할망구를 사가 왔네.

문학의 안내자

1.

내 첫 시집을 읽은 지인들로부터 "시를 읽으며 너무 슬프고 아파서 울었다." 하는 말을 종종 들었다. 시를 쓰면서 나는 많이 슬퍼했고 아파했고 펑펑 울기도 했다. 서툴고 부족한 시의 어떤 점이 그들의 눈물샘을 자극했을까.

언젠가 J 교수님은 "내가 쓴 시가 나를 먼저 감동시키고 내가 펑펑 울 정도라야 독자는 겨우 눈물 한 방울 흘린다." "시를 쓸 때는 내 어깨에 악동이 하나 얹혀 있다고 생각하고 써라, 착한 시는 쓰지 마라. 수사를 많이 쓰지 마라." 하셨다. 한 편, 시인 P 선생님은 "진정성 있는 글을 써라. 시를 필사해라." 하셨다. 짧은 시로 독자를 공감하게 하고 눈물짓게 한다는 것은 어렵고 힘든 일이었다. 시를 쓸수록 알아갈수록 힘들었다.

오래전, 시에 온전히 빠지기 이전에 혼자 소설을 습작하던 때가 있었다. 어느 날 S 작가의 소설을 읽게 되었는데, 나는 그만 눈물을 흘리며 단숨에 장편 소설을 완독한 적이 있다. 간결한 문체에 가독성이 뛰어났으며 진정성이 많이 느껴진 글이었다. 내 눈물샘을 자극한 게 아마 진정성과 간결한 문체가 아니었을까.

애써 꾸미려고 하지 않고 있는 그대로의 이야기를 진정성 있게 담아낸 것이 좋았다. 그 작가의 글을 통해서 K 대학교 사회교육원에 소설 강좌가 있다는 것을 알게 되었다.

S 작가의 글을 읽고 나니 그동안 묻어둔 꿈이 꿈틀거렸다. 문학에 갈증이 많던 때였지만, 유치원에 다니는 아이들의 육아에 지치다 보니 어디에서 문학 공부를 해야 하는지도 모르고 살았다. '그곳에 가면 S 작가도 있을까.' 설레는 마음으로 등록했다.

2.

개망초꽃이 흐드러지던 어느 봄날, 울적한 기분으로 가평역에 내렸다. 봄은 이리도 환한데 마음은 어쩌자고 이리 울적할까. 어디로 갈까 망설이다가 자라섬으로 갔다. 한적한 북한강 길을 걷고 싶었다.

'북한강!'

참 정겨우면서도 왠지 쓸쓸해 보이는 강이다. 삼십 대이던 그때, 잠자고 있던 내 문학의 꿈에 불쏘시개가 되어 준 S 작가. 그녀의 고향은 가평이라면서 가끔 소설 속에서 북한강 얘기를 했다. 그녀를 한 번도 만난 적은 없었지만, 많이 본 듯 여겨졌다. 글이란 그런 것 같다. 작품에서 작가의 삶과 가치관을 통해서 가까워지는 듯한 기분. 왠지 궁금해지고 한 번쯤 만나고픈 사람, 이미 알고 지낸 사람 같은 이도 있다.

S 작가가 내겐 그랬다. 참으로 성실히 살았던 사람. 문학을 사랑했던 사람. 늦게 시작한 문학에 열정을 쏟은 사람, 그런 사람 같았다.

예전, 그때 소설 교실에서 누군가가 "S 작가 몇 달 전에 돌아가셨어요."라고 했다. 내가 소설 반에 입문했을 때 이미 그녀는 밤하늘에 별이 되어 있었다. 요절작가라니.

그녀의 생이 아파서 어느 봄날, 북한강 변을 걸었다. 개망초꽃 닮은 그녀, 나를 문학의 길로 안내해 준 당신에게 고마움을 올리며 그때 시를 썼다. 오랜 친한 친구가 세상을 떠난 것 같은 아픔이었다. 시 '북한강에서'는 그런 인연으로 태어났다. (2023)

북한강에서

물 위에 있던 너는
그대로 물이 되었을까
개망초꽃 속에 있던 너
그대로 꽃이 되었을까

강물은
그때처럼 말없이 흐르고
꽃은 다시
속절없이 피었는데
세영아!

밤은 아직 졸지도 않고
별은 아직 사라지지도 않았는데
반달 같은 너는
강을 따라 떠나갔느냐
꽃을 따라 떠나갔느냐

\>

북한강 물은

여전히 흐르고

개망초꽃은

여전히 피어있는데

언제쯤 밥값을….

올해로 시는 등단한 지 만 3년, 수필은 등단한 지 만 십 년이 된다. 지난 3년 동안 시도 수필도 부지런히 발표했다. 신인의 길은 험난했다. 어떤 경로로 발표하는지도 모르고 누가 이끌어주거나 조명해 주는 이도 없었다. 그야말로 '자체발광' 해야 했다.

우연한 기회에 글벗인 소설가 K 씨와 선배 수필가 P 선생님의 추천으로 모 종합지와 모 수필전문지에 시와 수필을 발표하게 되면서, 또한 문학 카페활동을 통해 조금씩 지면을 넓혀 가게 되었다. 시집 두 권 분량 이상의 완성작이 있어도 지면을 얻지 못하니 난감했다. 수필 쪽은 더 심했다. 수필로 등단하자마자 시로 전향하여 몰두했으니 인연들이 다 끊겼다.

처음 추천 지면에 시와 수필을 발표했을 때 많이 설레기도 했다. 지면이 다소 어색하기도 했지만, 시를 쓴다는 존재감을 일깨워주었다.

어제는 책장을 정리하다가 한 제목에 끌렸다. 정호승 시인의 시집 『밥값』이다. 언젠가 가족들에게 공모전에서 수상하거나 창작기금에 선정되면 맛있는 밥을 사겠다고 하고선 몇 년째 못 지키고 있다. 딱 한 번의 문학상 수상 외엔. '밥값' 하기가 참 힘들었다.

수상은 못 했지만, 오늘은 내가 가족들에게 밥을 사겠다고 했다. 큰 문학상 최종심에서 낙선했고, 하나는 국가기금 1차에선 통과했지만 2차에서는 낙선이었다. 최종심에서 낙선은 선정이나 마찬가지 아니겠냐면서 스스로 위로하며 가족과 함께 밥을 먹으러 갔다.

동네에 자주 가는 음식점이 있는데 청국장과 고등어구이가 맛있다. 음식을 듬뿍 담아 주는 주인의 훈훈한 인심이 정겹다. 다른 집보다 천 원 더 싸고 맛은 더 있다. 소소한 금액으로 넉넉해질 수 있는 기분을 느낀다.

그동안 시와 수필을 사십 편 이상 발표했지만, 원고료를 한 번도 받지 못했다. 문단의 시류가 그런 건지, 문예지 사정이 좋지 않다면서 원고료 대신 문예지를 주는 곳이 태반이었다. 어떤 곳은 문예지를 다섯 권, 어떤 곳은 한 권이 전부였다. 투고해서 글이 실려도 마찬가지였다. 이게 현실이라고 선배 J 시인이 말했다. 신인이어서일까. 씁쓸했다.

문득 함민복 시인의 「긍정적인 밥」이라는 시가 생각난다. 오래전, 그 시를 읽으며 많이 공감했고 찡했다. 시인은 시 한 편 쓰기 위해 얼마나 많은 시간과 공을 들이는가. 밤새 문장을 썼다 지웠다, 시 한 편을 완성하기 위해 몇 날 며칠 밤잠을 설치는데 시 한 편에 오만 원도 십만 원도 아니고, 몇 편씩 발표해도 원고료가

한 푼도 없다는 건 너무 씁쓸하지.

언제쯤 나도 원고료로 가족과 형제들에게 따뜻한 밥 한 그릇 사줄 수 있을까. 그래도 오늘은 기꺼이 '밥값'을 내가 냈다. 나는 희망을 가질 수 있는 권리를 선결제했다. (2023)

흰밥

불 꺼진 거실 구석
할머니가 덩그러니 앉아 있다

생신날,
바다가 해놓고 간 흰밥

사흘 동안 한 번도 찾아 먹지 못한 흰밥
대청마루에 걸터앉아 자리를 뜨지 않는 바다

할머니가 밥 한 술을 드신다
그제서야 바다는 몸이 일그러진다

마당을 내려가
천천히 바다로 돌아가는 바다

방 구석에 흰밥처럼
덩그러니 남은 할머니

다시『토지』를 읽으면서

소설『토지』를 읽다 보면 인간에 대한 연민을 많이 느끼게 된다. 청상에 과부가 된 윤씨 부인이 그러하고 서희와 구천이, 월선이와 용이에게도 연민이 느껴진다.

상중에 천은사로 백일기도하러 갔다가 동학난에 앞장서던 김개주(우관선사의 친동생)에게 겁탈 당한 윤씨 부인, 윤씨 부인은 월선네와 간난할멈과 봉순네의 도움으로 절에서 아기를 해산하고 드러내 놓고 키울 수 없는 핏줄을 절에 맡기고 온다. 나중에 그 아들 구천이(김환)를 머슴으로 맞이하는 윤씨 부인, 최치수의 일생도 구천이의 삶도 아프다.

최참판댁에 머슴으로 들어간 구천이는 아버지가 다른 형, 최치수의 아내인 별당아씨와 사랑을 하여 함께 도망을 치는데 고방 문을 누가 열어주었을까. 아무도 모르게 고방 문을 열어준 사람은 윤씨 부인이다.

최치수와 구천이를 바라보는 윤씨 부인의 심정도 말로 다 할 수 없을 정도로 아팠을 것이다. 용이와 월선이의 사랑 역시 아프고 읽는 내내 짠하고 애가 탄다. 그토록 사랑하지만 무당의 딸이라는 이유로 어머니의 반대를 거역하지 못한 용이는 포악하고 억세고 어울리지 않는 강청댁과 결혼하지만 마음은 늘 월선이에게 가 있다.

용이의 어머니가 돌아가시고 월선이는 마음에 그리는 용이를 잊기 위해 나이 많은 남자에게 시집가지만 얼마 되지 않아 헤어지고 만다. 두 사람은 그토록 사랑하면서도 왜 함께 살아갈 수 없는 운명으로 만드는지…. 인물들이 하나 같이 비극적 삶을 살아가는 게 안타깝고 아팠다.

월선이와 용이의 사랑 이야기를 좀 더 아름답게 완성시켰더라면, 하는 마음이 많았다. 6년 전에『토지』를 읽다가 월선이와 용이가 너무 안타까워 나는 소설 속 용이가 돼서 월선이에게 편지를 쓴 적이 있다. 소설 속에서 용이의 꿈에 나타난 월선이를 보고 나는 그들을 부부로 만들면서 편지를 썼다. 소설의 결말에는 두 사람이 살게 될지는 모르겠으나 나는 그때 읽은 대목쯤에서 두 사람을 결혼시켜주었다. 그리고 몇 년 전에는 월선이를 소재로 내가 몸 바꾸기를 하여「쉰대부채춤」이라는 시를 썼다.

다시 평사리로 돌아온 월선이. 용이는 강청댁과 애정 없는 결혼생활을 유지한다. 자식도 없고 애정도 없이 강청댁과 살다 결국 강청댁은 호열자로 죽게 된다. 여하튼 월선이와 용이는 둘 사이 사랑하는 마음은 그대로이나 살지는 못한다. 어찌 보면 용이의 결단성이 문제인 것 같기도 하고 호열자로 용이의 처 강청댁이 죽게 되자 색기가 많은 칠성이 아내인 임이네와 살게 된다.

이 대목에서 좀 의아했다.

임이네는 인물 성격이 노류장화 같은 여자로 나오고 용이가 좋아하지 않았기 때문이다. 평소에 용이에게 더러 추파를 던지기도 했는데 남편 칠성이 앞에서도 밭에서 용이를 홀리기도 하는 임이네였다. 용이의 태도에서는 임이네는 관심 밖이었고 오로지 월선이를 마음에 품고 있었기에 임이네와 사는 장면에서 다소 의외였던 것이다.

임이네 남편인 칠성이가 김평산과 귀녀와 함께 최치수 살해에 공모하게 되자 그 죄로 죽게 된다. 칠성이는 귀녀에게 산신각 앞에서 씨를 빌려주고 강 포수와도 관계를 맺은 귀녀는 강 포수 마음까지 흔들어 놓는다. 귀녀는 재물을 탐하여 최치수의 자식이라고 거짓말을 하며 최치수의 무덤에 가서 곡을 하며 헛소문을 퍼뜨리는데, 결국 봉순네와 윤씨 부인의 추리에 귀녀의 모의가 들통이 난다. 귀녀가 윤씨 부인 앞에 끌려가 추달을 받는 중에 최치수는 자식 생산능력이 없다면서 윤씨 부인이 귀녀에게 호통을 치자 사건의 전말이 드러난다.

감옥살이하던 귀녀를 해산할 때까지 살려주는데 해산 후에 감옥에서 죽게 된다. 강 포수가 진심으로 귀녀를 사랑하며 자기 자식인 줄 알고 극진히 옥바라지한다. 귀녀가 해산하자 강 포수는 핏덩이 아들을 안고 어디론가 사라진다. 재물과 탐욕 아첨, 욕망과 욕정, 분열과 야합, 시기와 복수가 빚어낸 인간의 갈등을 잘

그려내고 있다.

칠성이가 죽게 되자 세 자식을 데리고 혼자 살기 힘든 임이네는 홀아비가 된 용이와 같이 살게 된다. 인정이 많다고 해야 할까. 유혹하는 임이네에게 넘어가게 되며 살게 된다. 이 대목에서 난 이해가 안 되는 캐릭터 설정 같다고 생각했다. 그렇게나 월선이를 좋아하고 강청댁과 살면서도 월선이를 찾아가 밤을 함께 보내는 용이가 어떻게 임이네를 받아주었을까 하는 것이다.

물론 월선이가 전남편과 헤어지고 얼마간 친척집으로 돈 벌러 가기 위해 평사리를 떠난 적은 있지만 늘 용이와 월선이 마음은 한결같았다. 월선이한테 가서는 둘이 도망이라도 칠까 하면서 애틋해 하는데 어떻게 화냥기가 있는, 자신의 필요를 위해서는 수시로 남자에게 치마를 걷어 올리는 노류장화 같은 임이네를 맞아들였을까.

인물 설정상 용이는 점잖고 양반 같은 분위기의 사람인데, 임이네가 용이와 살게 되는 장면과 월선이가 그걸 보며 다시 고통을 느끼는 것과 용이가 임이네와 살면서 월선이를 자꾸 찾아가는 대목에서 참 안타까웠다. 책을 덮고 싶을 정도였다. 벌써 소설의 끝을 본 거 같아 더 읽기 싫어졌다.

용이가 임이네와 행복하지도 않은 결혼생활을 하는 가운데 아들을 얻고 4권에서 1부가 끝나가자 흥미가 떨어졌다. 예전에도 두 번이나 토지를 완독하겠다고 집어 들었다가 2부 중간쯤 읽다가는 손을 놓곤 했었다.

많은 인물의 복잡다단한 심리와 사건을 많이 다룬 소설인데 각 인물들마다 그 연민과 아픔이 느껴진다. 특히 별당 아씨와 구천이, 용이와 월선이의 사랑이 짠하다. 그토록 둘이 사랑하면서도 두 번씩이나 다른 여자와 살게 되는 용이. 두 번째 여자, 임이네에게서는 '홍이'라는 자식까지 얻게 되니 월선이의 마음이 얼마나 아팠을까. 마음은 월선이에게 가 있고 장날에는 늘 주막으로 월선이에게 가면서 왜 같이 도망이라도 가던 하지 마음에 없는 여자와 살게 되는지…. 용이가 참 딱하기도 답답하기도 했다.

월선이는 언제나 변방으로 밀려 있는 듯해서 더 보고 싶지 않았다. 1부 2권 3권쯤에서 주요 인물들이 많이 죽게 된다. 최치수가 살해되고 윤씨 부인도 호열자로 죽게 되고 별당 아씨와 구천이가 사라지고 간난할멈과 바우할배가 죽고 최치수의 살인 모의자 귀녀와 살인자 김평산이 죽고 그의 아내 함안댁이 나무에 목매달아 자살하고 칠성이가 죽고, 최치수가 죽던 날 밤에 불을 지르던 또출네가 죽고 침모 봉순네도 죽고 월선의 엄마도 죽고 머슴 김서방도 죽고, 서희의 심복이던 수동이도 시름시름 앓다가 죽게 된다.

왜 이리 많은 사람이 죽어 나갈까. 당시 역병이 유행처럼 돌았다고 하더라도 소설 전반부의 끝을 죽음으로 완성하다니. 마치 소설의 끝처럼 느껴졌다. 작품을 쓰던 당시 작가의 생활이나 심경에 어떤 죽음에 대한 압박감이 많지 않았을까, 하는 생각이 공연히 들었다.

비극과 슬픔이 거의 모든 캐릭터의 삶으로 나타난다. 용이와 월선이의 간절한 사랑은 더 비극적으로 만들고 주요 인물들을 하나같이 죽음으로 마무리하고 있으니 말이다. 작가 개인이 처한 가족의 죽음이 있었다면 아무래도 작품에 죽음에 관한 것이 들어가게 마련이다.

작가적 삶에서 볼 때 박경리 선생은 남편과 젊은 나이에 사별하고 어린 아들을 수술 중에 잃고 사위(김지하 시인)가 감옥에서 사형선고를 받게 되고 소설 집필 중에 여성으로서의 상징인 유방 절제 수술까지 받게 되었다고 한다. 어쩌면 죽음과 이별에 관련한 정서와 압박이 작가의 삶에 노출되어 있어서 그것이 작품 속에 무의식적으로 투영되지 않았을까 하는 생각도 들었다.

1부에서 많은 주요 인물들이 죽게 되고 내가 그리던 상상 밖으로 어긋난 용이와 월선이의 사랑 때문에 4권까지 읽은 후 흥미가 좀 떨어졌다. 사실 1부만 이번까지 세 번을 읽었다. 몇 년마다 완독하려고 읽는데 그때마다 처음부터 읽어야 하니 세 번을 읽었던 것이다. 1부에서는 인물도 많고 사건도 많지만 읽을 때마다 몰입도가 높고 긴장감도 있었다. 박경리 선생도 처음엔 1부로 소설을 끝내려고 하셨다고 한다.

토지는 총 5부로 21권까지이다. 완독도 쉽지 않다. 인물이 600

명 이상 나온다고 하니 그 서사가 실로 방대하다고 할 수 있다. 어쨌든 2부로 갈수록 1부만큼 긴장과 몰입도는 없는 것 같지만 이번에는 완독해야 하지 않을까 싶어 매일 일정량을 읽는다.

2부에서 뒤로 넘어갈수록 세대교체가 일어나며 이야기의 무대는 간도, 용정으로 펼쳐진다. 대하소설이어서인지 어느 한 사람이 주인공이라기보다 각 등장인물이 다 주인공처럼 읽힌다. 그게 대하소설의 매력 같기도 하다. 캐릭터마다 독특한 성격이어서 읽을수록 재미가 있다. 그 시대상을 말해주기도 해서 역사 공부에도 도움이 된다.

25년 동안 쓰신 박경리 선생의 노고에 비한다면 읽는 데에 몇 달이 걸린다고 해도 그것을 힘든 일이라 할 수 없다. 이번에는 꼭 완독해야겠다 싶어서 작심하며 매일 읽고 있다. 다행히 '소설 토지 교실'의 문우들과 함께 읽으니 조금씩 끝이 보인다. 책을 먼저 읽고, 토지 교실 회원님이 단체 카톡방에 올려 주는 『토지』 낭독 테잎을 복습처럼 듣다 보니 석 달 만에야 비로소 『토지』를 완독할 수 있었다. (2019)

쉰대부채춤

어미는 칠쇠방울 꽃무당이었습니다
꽃다운 스물다섯에 혼자가 되었습니다
외딴 오두막집에서 신을 모시며 살았습니다

잠결에도 쇠방울 소리가 들려오고
쿵, 쿵, 쿵 지축 흔들리던 소리가 달려오고
어미는 밤낮없이 신을 업었습니다

무복巫服 입고 망건 쓰고 꽃갓 쓰고*
왼손에는 쇠방울을 흔들고
오른손에는 쉰대부채를 펼쳐 든 어미는
호랑나비처럼 신위神位 앞을 날아다녔습니다

어미는 칠쇠방울 꽃무당이었습니다
내 사랑을 흔들어 놓은 쇠방울 소리
오색찬란한 소리가 연꽃의 심장을 찔렀습니다

---

* 소설『토지』의 인물 월선이를 모티브로 쓴 시.

>

안 된다, 무당의 딸이어서 결혼은 안 된다

제단 촛불 위로 그의 어머니 목소리가 타고 있었습니다
초롱초롱한 방울소리 속으로 들어가고 싶었습니다
쉰대부채춤 뒤로 숨어버리고 싶었습니다
나에게도 신 내림을 주셨으면

무당의 딸인 줄 아무도 모르는 먼 곳에…….

섬진강 물줄기가 어미의 말문을 삼켰습니다
물길이 산 그림자를 떠밀고 있었습니다

칠쇠방울 꽃무당도 되지 못하고
연꽃 한 송이 피워보지 못하고
풀죽은 보따리로 강가에서 배를 기다리고 있습니다

그거 다 거짓말이제?

네가 이곳, 평사리를 떠난 지도 몇 해가 지났다.
간다 온다 말 한마디 없이 떠나간 사람,
간밤에 꿈속에서 너를 만난 후 새벽에 잠 깨서 마당에 나왔더니
섣달 그믐달이 월선*인 듯 반기더라.
가늘고 고운 눈썹 미루나무에 걸렸더라.

시리도록 차가운 섣달그믐
네가 있을 때는 겨울밤도 따뜻했다.
이지러진 저 달이 내 마음 같아
내일모레면 설날인데
찾아갈 고향도 부모·형제도 반겨줄 자식도 하나 없네.
'평사리 최참판댁'이라는 곳, 네가 있어 정들었던 집이다.
지금 네가 옆에 있다면 같이 도망이라도 가겠는데

강청댁이 네게 패악을 부리고 두들겨 패서 네가 떠난 것을
그런 것도 몰랐으니 내가 바보였다. 마누라 단속 못한 내가 미

---

* 소설『토지』의 인물 월선이를 모티브로 쓴 시.

안하다.

나도 별당 아씨와 도망친 구천이처럼 너와 도망이라도 갈 걸
부모님 기일을 누가 차려줄까, 우물쭈물하느라 못난 놈이 되
고 말았다.

네가 늙은 삼장사를 따라갔다는 소문,
그거 다 거짓말이제?
설날 오광대놀이 보러 갔을 때, 우리 함께 밤을 보낸
그 날 이후, 나는 너를 남처럼 생각해 본 적이 한 번도 없었단다.

내 마음을 몰라주고 왜 너는 원망 한마디 없이 떠나갔나?
너와 나 천한 신분으로, 시절을 잘못 타고나서 이리도 고통을
겪는 것이냐.
언제쯤이면 신분 차별이 없는 세상이 올까?
함께 살지 못해도 곁에서 보는 것만으로도 행복했는데 내 마
음이 칠흑이다.
간밤에는 월선이 네가 내 아내가 되어 함께 장난하는 꿈을 꾸

었단다.

아마 좋은 꿈같아 너한테 희망의 편지를 쓰는 것이란다.

정해丁亥년에는 꿈처럼 다시 만나 사랑을 이루었으면 좋겠다.

월선아!

병술년을 보내며 평사리에서 용이가

찔레꽃

오전에 휴대폰이 울렸다. 남동생의 전화였다. 가슴이 철렁했다. 아버지가 퍼뜩 떠올랐다. 설 무렵에 쓰러진 아버지는 몇 달째 입원 중이시다.

"혹시 아버지 돌아가셨나?"

나는 다급하게 동생에게 물었다.

"아니, 이젠 연세가 있으니 돌아가시면 가시나 보다 해야지. 누나 뭐해?"

"시 한 편 쓰고 있었어."

"지금 친구들이랑 노래방에 왔는데 엄마가 좋아하던 〈찔레꽃〉 노래 한 곡 부를라 하니 친구들이 내 음치라고 놀리잖아. 누나가 대신 한 곡 불러주라."

"알았어."

(휴대폰을 통해 노래방 기계의 전주가 흘러나오고 있었다.)

나는 얼른 인터넷 '다음'으로 들어가서 가수 백난아의 〈찔레꽃〉 가사를 열어놓고 거실 창문을 닫고 휴대폰을 마이크 삼아

"찔레꽃 붉게 피는 남쪽 나라 내 고향/ 언덕 위에 초가삼간 그립습니다 / 자주 고름 입에 물고 눈물 흘리며…."

한 곡조를 구성지게 불렀다.

2절까지 부르고 나자 남동생은

"누나 고마워. 엄마 생각나서 엄마가 제일 좋아하던 〈찔레꽃〉 듣고 싶었어. 엄마 보고 싶으면 누나 생각하는 거 알지? 누나 고마워 사랑해. 또 찔레꽃 노래 연습해."

하고는 전화를 끊었다.

낮술 한 잔 살짝 걸친 목소리다. 찔레꽃 필 무렵이면 나는 어머니가 많이 했다던 시집살이가 떠오르는데, 동생은 엄마의 애창곡인 '찔레꽃' 노래가 생각난다고 한다. 찔레꽃 속에서 어머니의 얼굴이 떠오르고 노래가 들려오는 듯하다.

동생은 어머니 돌아가시기 전까지 그의 사업부도 소식을 비밀로 하려 했는데 형제 중에 누군가가 아픈 어머니에게 말하는 바람에 죄인 아닌 죄인이 되었다. 그 때문에 동생은 어머니 돌아가신 후 병원 안치실에서 벽을 치며 통곡했다. 장례식장에서 나와 동생의 곡소리가 가장 컸다. 돌 같고 얼음장 같은 어머니를 보고, 얼굴을 만지면서도 믿기지 않았다.

그날 아침, 어머니가 응급실에 실려 갔다는 소식을 둘째 오빠한테서 받고, 이번에 친정에 가면 어머니 사실 동안 밥해 드리려고 여행 가방에 옷을 가득 챙겼다. 광명에서 기차를 탔다. 승차한 지 한 시간도 안 돼서 부고를 받았다. 눈물이 하염없이 흘러내렸다.

어머니가 소천召天하신 지 일 년 6개월이 되었다. 올해도 찔레꽃이 피었다. 고향 야산에도 찔레꽃이 피었다. 열아홉 새색시의 고된 시집살이 사연을 남몰래 들어 주던 찔레나무. 새색시는 그 찔레나무가 좋았다. 울고 싶을 때마다 찔레나무를 찾았다.

찔레꽃에는 창백한 노래가 얹혀 있다. 새색시의 무명 저고리 앞섶에도 노래가 접혀 있었다. 찔레꽃에 얹힌 맑은 아픔. 어머니의 18번 곡은 그래서 〈찔레꽃〉이었을까. 어머니의 세월 마디마디에 박혀 있던 가시가 동생의 가슴에도 내 가슴에도 있다. (2019)

입덧을 하는데

　복숭아가 그렇게 먹고 싶은 기라. 그땐 너그 큰엄마 밑에서 시집살이할 땐데 너그 큰엄마가 얼마나 구두쇤지 돈을 줘야 말이지. 일은 그렇게 식모, 머슴 부리듯이 하면서 곳간에 살림은 한 톨도 안 맡기는 기라. 할배가 청춘과부 맏며느리 어디 살러 가기라도 할까 봐, 양반 체면에 동네 넘사스럽다고 그 많은 재산을 전부 너그 큰엄마한테 다 넘기고. **너그 아부지를 농사짓고 살라고 붙들어 놓은 기라.**

　할배한테 아들이 둘이 있었는데 큰아들을 난리 통에 잃고 너그 아부지한테 농사를 다 맡겼으니, 너그 공부 때문에 내가 아무리 대구 시내에 나가서 장사라도 하고 살자고 해도 할배가 못 나가게 하니 우짜노. 그냥 땅만 파며 살았제. 그래 첫 애를 가져서 그렇게 입덧을 했는데 이맘때쯤 되었겠네. 복숭아가 먹고 싶은데 돈이 있어야 사 먹제. 그렇게 입덧을 해도 과일 하나 사 줄줄 모르는 기라 너그 큰엄마가. 그래, 하루는 너그 아부지한테 말을 했더니 너그 큰 엄마 몰래 곳간에 가서 쌀을 한 말 퍼 낸 기라. 그걸 동네 방앗간에 가서 팔아서 복숭아를 사 먹었는데 집에서 먹을 수가 있나. 너그 큰엄마는 위채에 살았고, 우린 아래채에 살

앉으니까. 청춘과부 값을 하니라꼬 신랑각시 자는 거까지 다 문 앞에서 엿듣는 사람이었으니, 얼마나 시집살이를 했겠노. 그래 너그 아부지가 사 온 복숭아를 집에서 먹으면 들킬 거 같아서 **뒷산 야트막한 산에서 몇 개 먹고 내려왔제.** 남은 복숭아는 방 안에 있던 사과 궤짝에 넣어서 감춰놨는데, 산에서 저녁 하려고 집에 오니 너그 큰엄마가 **누가 복숭아를 이리 사다 먹었노?** 고래고래 소리를 지르며 **마당에 황도야 백도야 패대기를 쳐놓은 기라.** 열아홉 새색시가 시집살이를 얼마나 했는지, 너그 큰엄마? 큰엄마는 내 시집올 때 서른여섯이었는데, 말도 마라 시어머니 없는 시집살이, 청춘과부 동서한테 다 했다. 그렇게 아까워하고 돈도 한 푼 안 주던 할마시가 죽을 땐 아까버서 우예 죽었겠노. **야야, 저기 냉장고에 복숭아 하나 가주 오너라. 야야, 이것 좀 봐라, 이 백도가 흘리는 눈물 좀 봐라.**

번개엄마

보릿고개 넘기던
열일곱 새색시의 고사리손
거북의 등껍질이 되어 갔다
새벽이슬 참 많이도 밟았지

시금치와 상추 오십 단
자라목이 되도록
머리에 이고 다니신 우리 엄마

번개처럼 팔고 온다고 번개시장인가
새벽 통학 열차 비둘기호를 타고
비둘기처럼 가볍게 시장에 다녀오신
까만 무쇠솥을 닮은 엄마

팔순 노인이 되었으나
밥 한 순가락 해 줄 자식 놈 하나 없다
공기 좋고 너른 내 집 놔두고 요양원이 웬 말이고,

나는 내 집에 살란다
큰오빠는 엄마의 굽은 등 뒤에 대고 쏘아붙였다
밥도 못 해 먹을 정도 되면 엄마도 요양원에 가야지

집을 돌아 나오는 내내
무쇠솥에서 흘러내리는 밥물 마냥
눈물이 뜨겁게 앞을 가렸다

시 한 편이 누군가를 울릴 때

요즘 그녀는 새로운 경험을 많이 하고 있다. '문학 치료'라는 말처럼 글을 쓰다 보면 내면에 있는 억압된 감정과 상처가 치유되고 희열을 느끼기도 한다. 그녀는 시가 그녀뿐만이 아닌 다른 사람을 구원하고 있다는 것을 새삼 느끼고 있다.

2년 전에 그녀는 순덕이에게서 중학교 시절의 아픈 이야기를 들었다. 차마 가족들한테 말하지 못한 아동학대 이야기였는데, 순덕이에게는 큰오빠한테서 맞은 트라우마가 있었다.

순덕이는 중학교 다니던 3년 내내 맞았다는 것을 쉰이 넘어서야 그녀에게 속내를 드러냈다. 순덕이는 이름값 하느라고 그렇게나 미련하게 참았던 것일까.

더 슬픈 일은 사건의 가해자와 피해자인 당사자 외에 순덕이의 부모 형제들은 아무도 그 일을 모른다는 것이었다. 순덕이는 지금까지 혼자 가슴에 상처를 묻으며 살아가고 있었다. 요즘 같으면 아동학대로 순덕이의 오빠는 처벌 대상감이었다.

어렸을 때, 순덕이는 오빠의 폭력을 견디다 못해 농약 음독자살을 시도했다. 그녀는 그때까지만 해도 순덕이가 가정경제 비관으로 자살 시도한 것으로 알고 있었다. 당시에 그녀의 고향 읍

단위에 소문이 그렇게 났었다. 순덕이와 그녀는 고향 선후배사이였다. 그녀는 여성 성폭력, 가정폭력 상담원으로 활동하면서 시를 쓰고 있다.

그녀는 우연히 순덕이로부터 순덕이의 어렸을 적 이야기를 듣게 되었는데 소문은 전혀 엉뚱하게 났다는 것을 그때 알게 되었다.

그녀는 순덕이의 얘기를 듣고 며칠은 울었고 수많은 시간을 가슴앓이했다. 순덕이는 그녀에게 전화로 상담했다. 그러고는 그녀에게 시 소재를 몇 개 주었다.

"선배, 이걸 시로 써 봐요."

그녀는 2년 전에 순덕이의 사연을 시로 썼고 합평 후에 완성했다.

어느 날, 그녀는 순덕이에게 시를 읽어주었는데 낭송하는 내내 순덕이는 훌쩍거렸다. 순덕이는 두 시간 가까이 전화통을 붙들고 가슴 밑바닥에 숨겨왔던 응어리를 배출했다. 시간이 갈수록 고통에서 가벼워진 듯했다. 대신 그녀의 마음이 고통스럽고 무거웠다.

시인은 타인의 아픔과 슬픔을 대신 울어주는 사람이라는 말처럼 그녀는 그 시를 쓰기 전부터 완성할 때까지 가슴이 아팠다. 그 후 순덕이는 마음에 무거운 짐을 벗게 되었고 목소리도 밝아졌고 우울에서 벗어난 것 같았다.

순덕이는 그녀의 상담 기법대로 했고 그 후, 자신의 내면에 힘을 얻게 되었다. 순덕이는 그동안 늘 기가 죽어 있었는데 그녀는 그것이 트라우마 때문이라는 것을 알 수 있었다. 순덕이에게는 자신의 말을 들어주고 지지해 줄 사람이 필요했다.

순덕이의 오빠들과 가족은 충격을 받았을 것이다. 평소 말대꾸 한마디 할 줄 모르던 순둥이였으니 큰오빠는 놀랄 만했을 것이다. 일주일 전에 순덕이한테서 전화가 왔다.

"선배, 그런데 지난번에 내가 말했던 '아버지의 밥상' 얘기와 내 얘기 시 쓴 건 언제 나와요?"

하고 물었다.

"첫 시집엔 시가 많아서 못 넣었고 2집에 넣을까 싶다. 조금 기다려라."

그녀는 그 시 「없는 밥상이고」와 「쉰다섯의 순덕이가 열다섯의 순덕에게」를 좀 더 퇴고할 생각이었다.

"그런데 그 시, 책으로 나가도 괜찮겠니? 네가 농약 먹고 자살 시도한 내용 주변 사람들에게 알려져도 괜찮겠어?"

"괜찮아요. 선배, 이제는 시 속에 인물이 누구냐고 물으면 그 사람이 '나'라고 말하러 나갈 수도 있어요."

순덕이는 웃으며 담담하게 말했다. 목소리에 활력이 있었다.

한 편의 시로 2년 사이에 순덕이의 트라우마가 치유가 다 된 것 같았다.

'문학이 이렇게 타인의 아픔까지 치유하고 구원을 하는구나.'

그녀는 가슴이 뭉클했다.

그녀는 상담원 이상으로 시 쓰는 사람으로서 큰 보람을 느꼈다.

'부족한 내 시집을 기다리고 있다니…. 순덕이는 자신의 이야기를 세상에 말하고 싶었던 거로구나.'

얼마나 아프고 억울했으면 그 주인공이 '나'라고 밝힐 수 있다고 할까. 그녀는 이제 안심이 되었다. 그녀는 시를 쓰면서 시가 이렇게 고마웠던 적은 없었다. 비록 초라한 시 한 편이 누군가를 울린다는 것에 그녀의 가슴이 뜨거워지고 있었다. (2021)

쉰다섯의 순덕이가 열다섯의 순덕에게
― '들춘이' 순덕이를 위하여

그해, 겨울은 참 더디게 지나갔었지. 잔설이 녹지 않은
산비탈, 먹구름이 온통 하늘을 덮고 있었어. 하얀 오후가 빼꼼히
병실 커튼을 열고 들어왔었어. 내 몸속에는 돌 하나 자라고 있었지.

55: 시간이 참 많이도 흘렀다. 이 나이가 되어서야 너를 불러서 마주한다. 미안해.

15: 미안하긴. 그땐 엄마 아버지 얼굴 볼 새도 없이 사는 게 바빴잖아.

55: 너를 생각하면 마음이 많이 저리단다. 그게 네 잘못이 아니었는데.

15: 지금까지 아무에게도 말 안 했어. 엄마 아버지도 내가 큰오빠한테 맞은 거 몰랐어. 이유도 없이 학교 가기 전에 매일 맞았어. 집은 감옥이고 공포의 도가니였어.

55: 어린애를 때릴 데가 어디 있다고. 너보다 몇 살 많은데 때렸어?

15: 큰오빠는 나보다 열 살이 많아. 제대하고 집에서 같이 지

냈어.

55: 오빠는 무슨, 요즘 같으면 아동학대로 신고하면 처벌 대상 이야.

15: 아침마다 머리카락이 헝클어지고 뺨이 시뻘게지도록 맞았어. 친구들이 몰려다니며 수군거렸어. 중학교 다니는 3년 동안 매일 맞았어.

55: 엄마 아버지한테 일러주지 그랬냐?

15: 창피해서, 엄마 아버지는 하루 종일 들에서 사느라 큰오빠한테 맞는지도 몰랐었어. 동네 사람들이 '들춘이'라 할 정도로 들에 살았었어. 땡볕에 엎드려 참외 순을 땄어.

55: 너도 참 답답하다. 그렇게 패는데도 참고 있었어? 경찰에 신고하지.

15: 아침마다 솔가지로 불 때면서 소죽을 끓였지. 불길이 활활 내 얼굴로 달려들면 매캐한 연기에 눈물이 났어. 그리고 참외밭에 가서 거적을 열어놓고 학교에 갔지.

55: 노는 사람이 좀 하지. 너는 시킨다고 다 하냐? 학교에 가 버리지. 왜 말도 못하고 도망도 안 가고 맞고만 있었어? 바보같이.

15: 난 바보였어. 가출을 한 번 했는데 하루 만에 잡혀 왔어. '내가 사라지면 되겠구나' 생각했어. 창고에 굴러다니는 농약병이 보였어. 손이 떨렸고 심장이 쿵쾅거렸어. 엄마 아버지 얼굴이 떠올랐고 눈물이 흘러내렸어. 눈 딱 감고 마셨지.

55: 왜 그렇게 나약한 생각을 했어? 누가 들어봐도 네가 잘못한 게 없는데 왜 그렇게 쉽게 목숨을 버리려고 했냐고.

15: 깨어보니 병실이었어. 다음 날이 졸업식이었는데, 병실에서 눈 내리는 겨울 끝자락을 보고 있었어. 그 후, 나는 큰오빠한테 내가 맞아서 농약 마신 일, 덮자고 했었지.

55: 얼마나 때렸으면 그 어린애가 못 견디고 죽으려고 했을까. 네가 죄지은 것도 아닌데 왜 그 일을 덮자고 했어? 엄마 아버지한테, 다른 오빠들한테도 말했어야지.

15: 그럴 용기도 없었어. 매일 맞다 보니 기가 죽었어. 그런 내가 싫었지만 참을 수밖에 없었어. 그 후 야간고등학교 다니면서 번 돈, 세 오빠 대학 등록금으로 생활비로 다 썼어. 나를 위해 써 본 적 없었어. 오빠들 밥해주며 뒷바라지했었어.

55: 어린 나이에 고생이 참 많았구나. 식구들이 아무도 몰랐다니 더 마음이 아프네.

15: 큰오빠가 요즘 너를 많이 무시하더라. 덜 배웠다고 막말하는 거 보고 속상했어.

55: 오십이 넘은 동생을 학력으로 무시한다는 게 얼마나 어리석냐? 학력보다 중요한 건 인간성이라 생각해. 학력만 높고 인성이 바닥이면 무슨 소용 있어? 대학 졸업장만 없을 뿐이지 나도 그동안 오빠들만큼 책도 읽고 공부도 했어.

15: 부탁하고 싶은 말이 있어. 이제부터 너도 할 말 하고 너 하

고 싶은 대로 하고 살았으면 해. 지나간 시간은 돌아올 수 없지만, 앞으로의 시간은 네가 주인이었으면 해.

55: 너도 그동안 오빠들한테 엄마 아버지한테 희생만 했잖아. 이제는 하고 싶은 거 하고 살아.

15: 어제 선배랑 얘기하고 나니 많이 시원해졌어. 심장에 박힌 큰 돌이 빠져나간 기분이야.

55: 억눌린 말을 하고 나니 많이 편해졌구나? 다행이다. 무조건 참는 게 능사는 아니야.

　　가엾은 열다섯이여, 쉰다섯이여!
　　가엾은 오빠들이여,
　　지금도 참외밭에 엎드려 일어날 줄 모르는
　　어미여 아비여!

4부
별들의 목소리

별들의 목소리*

* 이 글은 실화소설로 작품 속 지명과 이름은
이니셜과 시적 장치와 익명으로 처리함.

☞ 한 편의 글

J는 그날 아이들 걱정으로 밤을 꼬박 새웠다. 부당해고를 당한 날이었다. 시계는 자정을 지나 새벽 세 시로 가고 있었다. 서녘 하늘에서 잠들지 못한 일곱 개의 별을 보았다. 한쪽으로 쏠려 있는 크고 작은 별들. 어디가 아픈 걸까. 그룹홈 아이들의 모습인 듯했다. J가 잠시 아동 그룹홈에 원장으로 근무하고 있을 때의 일이었다.

대표는 남의 먹이를 빼앗아 먹으려는 하이에나를 닮았는데 이름조차 하이에나와 비슷했다. 하이에나의 입에서는 개소리가 자주 나왔다. 초롱초롱한 아이들은 샛별을 닮았다. 별들은 하이에나의 으르렁대는 소리에 넌더리를 쳤다. 그곳 아이들의 이름은 없었다. '금성'이니 '수성'이라는 예쁜 제 이름은 개××로 불리고 있었다. 누가 저 별들에게 제 이름을 불러줄까.

'아이들은 학교에 잘 다니고 있을까 변은 출근했을까. 격일제로 근무하는데 근무할 리가 없겠지? 아이들에게 전화하면 하이에나가 휴대폰을 가로채고 문자도 카톡도 차단하겠지? 내가 지금 할 수 있는 일이 뭘까.' J의 머리가 복잡해진다.

2014년 9월, J는 졸지에 부당해고를 당했다. J는 해고당하던 날 밤 카카오스토리에 "그룹홈 복지시설 운영 이대로 좋은가"라는 사회 부조리에 관한 글을 썼다. 오천 자 정도, 카카오스토리한 면 용량 한도까지 썼다. 글을 올리자마자 그 밤에 누가 그녀의 카카오스토리에 다녀간 것일까. 도둑이 제 발 저리다더니 J를 고소한 그 여자였을까.

J는 갑작스레 부당해고를 당해서 출근할 수 없었다. 아이들이 걱정되어 경기도 학대아동센터에 전화하여 이관조치를 부탁했다. 원장으로 채용된 지 한 달 만에 일어난 일이다.

그룹홈은 만 19세 미만의 아이들이 집처럼 함께 생활하는 곳이다. J는 원장이긴 했으나 아이들 케어와 상담, 교육, 생활지도까지 해야 했다.

J는 해고를 받아들일 수 없다고 했다. 잘못한 것도 없는데 그만둘 수는 없었다. 하이에나는 사회복지사 변과 짜고서 J를 해고시켰다. 정직과 원칙으로 일하는 그녀의 운영방식이 못마땅한 것 같았다. 하이에나는 변에게 그룹홈의 권리금을 받고 넘긴다는 사전 약속이 있었다. 근무경력이 없는 변이 몇 년 근무 후에 시설장 경력이 될 즈음에 인수받기로 했던 것이다. 개소한 지 이 년 남짓

한 시설이다. 하이에나는 사회복지사 자격증도 경력도 없었다.

☞ 내 이름을 불러주세요

J가 C 그룹홈에서 면접을 보던 날, 사무실에는 하이에나와 두 아이가 있었다. 왜소한 몸의 두 남자아이는 중학생쯤으로 보였는데 고개를 푹 숙이고 있었다. 면접을 보다가 하이에나는 갑자기 아이들에게 고함을 질렀다.

"개××들아, 개××도 그만큼 말하면 알아 처먹겠다."

큰별이와 혜성이가 빨리 미장원에 따라나서지 않는다고 하는 말이었다.

J는 그 말에 너무 당황하고 어이가 없어서 출근을 고민했다.

표정 없는 얼굴. 순수해 보이는 아이들의 얼굴이 주눅 들어 보였다.

"여기는 선생님이 급해서 내일부터 출근해 주셨으면 좋겠어요."

아이들이 사무실에서 나갔다. J는 면접을 다 보고 그룹홈 전체를 둘러보았다. 아이들 방부터 화장실로 부엌까지 한 바퀴 둘러본 후에 현관문 쪽으로 나오는데

"저 선생님도 내일 되면 안 나오는 거 아니야?"

그녀의 등 뒤에서 들려 온 그 말이 마음에 걸려 J는 이튿날 출

근을 결심했다.

J가 입사하고 보니 복지가 엉망이었다. 덮고 자는 이불은 넝마 같았고, 냉장고에는 유통기한 지난 생선 두 토막과 참치 외에는 없었다. 하이에나는 아이들에게 아침으로 빵을 주되 우유는 주지 말고, 일주일에 십만 원으로 직원까지 6, 7인분의 장을 보라고 했다. 턱없이 부족했다. 나중에는 5만 원으로 식비도 줄이고 변에게 운영권을 넘기라고 했다.

변은 대머리수리 같았다. 낮에는 J한테 하이에나를 헐뜯었고 밤 근무 시에는 하이에나에게 살살거렸다. J는 벗어진 머리의 변을 볼 때마다 교활한 대머리수리가 떠올랐다. 업무 인수인계도 없이 사라진 구미호는 독거미 같았다. 하나같이 정글 속 동물들 같았다.

J가 입사한 이튿날, 대머리수리는 J에게 C 그룹홈의 운영 실태에 대해 말해주었는데 한 달 사이에 입사한 직원들이 사흘도 안되어 다 그만두었다는 것이다. 하이에나는 전직 경찰관이던 사람을 시설장으로 채용해 놓고는 5일 만에 권고사직시켰다고 했다.

"왜 5일 만에 잘랐대요? 시설장 구하기도 힘들었다면서요?"

"우리 대표님이 이 C 그룹홈에 욕심이 많아요. 손 뗀다 하면서도 못 떼고, 그 전직 경찰은 시설장으로 왔는데 대표님이 운영권도 안 주고, 일일이 간섭하니 운영권을 달라, 일체 이 그룹홈에 간섭하지 말라고 하니 그게 마음에 안 들어서 잘랐던 거죠."

"원래 시설장은 원장이니까 운영권을 넘기는 게 맞잖아요? 지금처럼 반찬거리도 안 사주고 돈도 안 맡기고 일주일에 얼마씩 타서 쓰라 하면 이건 시설장이 아닌 거죠?"

"우리 대표님은 이것을 복지 개념으로 하는 게 아니라 경영의 개념으로 한단 말이죠."

"아무리 그래도 그렇지. 애들한테 먹을 거는 제대로 해 먹여야지. 그렇지 않나요?"

"복지를 그런 개념으로 해야 되는데 대표님은 애 한 명에 이십 만원은 남겨야 한다고 생각하는 사람이니, 그래 봐야 한 달에 140만 원밖에 더 돼요? 정원이 일곱 명이니까."

"다른 건 몰라도 한창 크는 애들인데 먹는 건 잘 먹어야 하는 거 아니에요? 사회복지를 하면서 돈을 많이 벌겠다는 그 생각은 좀 아닌 것 같아요."

대머리수리는 하이에나가 저렇게 돈을 벌려고 하니 힘들어도 맞춰줘야 한다고 했다.

텅 빈 냉장고 돌아가는 소리가 더욱 요란하게 J의 머리를 때리는 듯했다.

아이들의 밥상에 올라오는 반찬은 된장찌개와 풋고추와 간장, 고추장이 전부였다. 아이들은 된장찌개에 서너 번 숟가락질을 하다가 수저를 놓고 식탁에서 물러났다. J는 집에서 몇 번이나 계란말이, 김, 장조림, 멸치볶음, 어묵 볶음, 김치를 갖다 날랐다.

사회복지사가 자주 바뀌게 되자 가뜩이나 마음이 닫힌 아이들은 더 단단하게 빗장을 걸었다. J가 아이들과 친해지고 마음을 열기까지 사나흘의 시간이 흘렀다. 다행히 가장 많이 걱정했던 고등학교 2학년 수성이가 삼일 만에 속내를 열어 보였다.

"선생님, 일주일에 한 번이라도 고기를 먹었으면 좋겠어요."

금성이의 말을 듣고 J가 하이에나에게 말했다.

"대표님, 냉장고에 반찬이 너무 없어요. 돼지고기는 싸니 일주일에 한 번이라도 아이들에게 사 주면 좋겠는데요."

"제가 일요일 날 고기 사서 그룹홈에 갈게요."

의외로 하이에나의 대답이 시원했다. J는 살짝 기대하게 되었다.

J는 저녁 반찬을 하기 위해 마트에서 두부 한 모와 참치 캔 두 개, 팽이버섯 세 묶음, 계란 한 판을 샀다. 남아 있는 감자로 감자볶음과 감자국을 끓이고, 으깬 두부에 참치와 계란과 김치를 섞어 김치전을 부쳤다. 아이들과 저녁 밥상 앞에 둘러앉았다.

"선생님, 이 김치전 어떻게 만들었어요? 정말 짱 맛있어요."

금성이가 김치전을 먹으며 연거푸 맛있다고 했다.

"많이 먹어라. 돼지고기는 다음에 해줄게."

밤 열 시가 다 되어서 귀가한 수성이도 김치전을 한 입 먹어보더니

"선생님, 김치전 정말 맛있네요. 안 그래도 배고팠는데, 많이 먹어도 돼요?"

"많이 먹어. 저녁도 아직 못 먹은 거야? 배고프겠다."

"네, 샘. 알바하고 나면 저녁 먹을 시간도 없어요."

"고등학생인데 알바를 한다고? 수성이는 공부해서 대학 가겠다고 했잖아?"

"전 대학에 가서 사회복지사가 되고 싶은데, 용돈이 부족하니 어쩔 수 없죠."

"그래도 공부할 시기에 공부를 해야지. 알바하면 힘들어서 공부가 되니?"

"당근(당연히) 안 되죠. 학교에서 매일 졸죠. 그래도 어떡해요? 돈이 없으니."

"어디서 하는데? 이 시간까지 일을 시키고 저녁도 안 준대?"

"음식점에서 하는데요. 한창 바쁜 시간에 알바하기 때문에 저녁을 못 먹어요."

J는 아이들에게 고기를 사 주고 싶었지만 대머리수리 때문에 살 수가 없었다. 대머리수리는 아이들에게 집에서처럼 해 먹이지 말라며 장 볼 때마다 생활비를 관리했다.

"우리가 고기 먹을 수 있는 날은 교회에 가는 날 뿐이에요. 평소엔 구경도 못해요."

금성이는 매일 편의점에서 밤 열두 시 까지 아르바이트를 하고 있었다. 수성이는 평일에는 식당에서 일하고, 주말에는 대학로에서 연극 전단지를 뿌리고 있었다. 한창 꿈을 키울 아이들이 용돈 때문에 허기를 먹으며 밖으로 내몰리고 있었다. 푸른 꿈이

연극 전단지처럼 짓밟히고 있었다.

"선생님 저희들 고등학생이라 한 달에 용돈 4만 원은 너무 부족해요. 선생님이 대표님께 말씀하셔서 용돈 좀 올려달라고 해주시면 안 돼요? 왕복 차비 하고 나면 친구들과 떡볶이도 못 먹고, 영화 한 편도 같이 볼 수가 없어요."

금성이와 수성이가 입을 모아 말했다.

J가 몇 번이나 아이들 용돈 문제를 하이에나에게 말했지만 허사였다. 아이들은 그렇게 소원했지만 그녀는 들은 척도 하지 않았고 J에게 운영권을 맡기지도 않았다.

하이에나는 주일날 J에게 아이들을 데리고 교회로 나오라고 했다. 스무 평 정도의 낡은 건물 2층에 신도라고는 C 그룹홈의 아이들까지 열 명 남짓한 교회. 예배 후에 나온 점심은 밥과 국, 김치와 제육볶음 두세 조각이 전부였다. 아이들은 슬금슬금 목사의 눈치를 보며 밥을 먹고 있었다. 아이들은 다니기 싫은 교회에 나가고 있었다.

업무일지를 작성하다 보니 원아 명부에는 정원이 7명인데 입소 아동은 5명이었다. J가 두 명은 어디에 있느냐고 하이에나와 대머리수리에게 몇 번이나 물어도 대답을 회피했다. 며칠 후 대머리수리가 작성한 업무일지에 보호소에서 담당자가 C 그룹홈을 다녀갔다는 기록을 보고서야 알게 되었다. C 그룹홈이 과거에 지적장애인을 정신병원에 보낸 일로 방송까지 타서 폐지 위기까지 갔고, 이번에 경력이 많고 제대로 된 시설장을 채용하지 않으면 시청에서 폐지시키겠다고 했단다.

☞ 선생님, 폭력이 두려워요

J가 사흘 쉬고 출근했다. 사흘씩 교대로 24시간 근무하는 체제이다. 밤 열 시, 취침시간이었다. J는 사무실 한쪽에 이부자리를 펴기 시작했다. 그때 누가 현관문을 여는 소리가 들렸다. 금성이었다. 현관문을 열고 들어서며 인사를 하는 금성이의 얼굴은 다른 날과는 달랐다. 붉게 충혈된 눈에 촉촉한 이슬이 맺혔다. 이마에 솟은 봉긋한 여드름은 더욱더 빨갛게 도드라져 보였다.

"금성아. 무슨 일이라도 있었어? 늦게 왔네?"

"선생님, 죄송합니다. 늦었습니다."

금성이는 멋쩍은 듯 뒤통수에 손을 갖다 대며 긁적였다. 금방이라도 울음보가 터질 듯한 까만 눈망울이 처연하게 보였다.

"저녁은 먹었어? 너 얼굴이 왜 그래? 어디 아파?"

금성이의 얼굴은 홍당무처럼 벌게져 있었고 입에서는 술 냄새가 심하게 났다.

"선생님, 죄송합니다. 오늘 술을 좀 마셨습니다."

혀가 살짝 꼬부라진 말을 하며 금성이는 고개를 숙였다.

"금성이 잠깐 선생님하고 얘기 좀 할까? 피곤하지 않다면 얘기 좀 나누고 싶은데."

"네. 선생님. 근데 선생님 주무셔야 할 시간인데. 저 땜에 못 주무시고 어떡해요?"

"괜찮아. 너 기분이 안 좋은 것 같은데 혹시 밖에서 무슨 안 좋은 일이라도 있었니?"

J가 말하자 금성이는 봇물이 터진 듯 그의 아픈 마음을 드러내기 시작했다. C 그룹홈에 대머리수리가 자신들의 인격을 마구 짓밟는다며 C 그룹홈을 폐지시키겠다고 했다.

"제가 화장실 변기에 휴지 속심을 넣지도 않았는데 '이 새끼, 개새끼' 하며 맨손으로 더러운 변기를 씻으라고 하고 저더러 변기통 고치라고 했어요. 너무 억울해서요."

"억울하지. 그럼 네가 안 했다고 하지 그랬어?"

"제가 아니라고 하면 다른 아이가 대신 욕을 먹어요. 그래서 가만히 있었는데 그래도 그건 아니죠. 선생이 확인을 잘 하고 야단을 쳐야 하는 거 아닙니까? 무조건 이 새끼, 저 새끼, 네가 했지? 이렇게 말씀하시는 건 잘못된 거 아닙니까? 제가 꼭 증거를 모아서 시청에 가서 고발할 거에요. 그러면 저 남자 선생은 쫓겨나시겠죠?"

금성이의 벌게진 얼굴에 분노가 일었다. 숯덩이다.

"금성이가 많이 속상했겠구나. 무슨 말인지 알겠어, 선생님도 변 선생님과 대표님이 욕을 심하게 한다고 생각해. 선생님이 변 선생님한테 앞으로 말을 조심하라고 할게."

"선생님 혹시 두통약 있어요?"

금성이가 이마를 짚으며 말했다.

"약 상자가 안 보이던데?"

J가 비상약 상자를 찾았지만 보이지 않았다. 대일밴드 몇 개만 있고 약은 없었다.

"금성아, 어제 학교에서 친구들한테 맞았어? 오늘 담임 선생님한테서 네가 학교폭력 당했다고 전화 왔었는데 그게 정말이야?"

"네. 선생님. 학교에서 잘못한 것도 없이 습관적으로 폭력을 하는 친구한테 맞았어요."

"대표님이랑 변 선생님한테 말은 했어?"

"네. 어제 학교에서 대표님께 전화해서 대표님이랑 남자 선생님이 알고 계세요."

"그래. 그럼 어제 병원에 다녀 왔니?"

"아뇨. 병원에도 안 가고 학교 마치고 알바하러 갔어요."

금성이는 머리가 아프고 자꾸만 울렁거리면서 토할 거 같다고 했다.

J는 편의점에 가서 두통약을 하나 사서 금성이에게 먹였다.

사흘 후 아침, 업무 교대할 시간이었다. J가 교대근무 들어 온 대머리수리에게 금성이가 학교에서 맞고 온 것을 알고 있었는지 물었다.

"선생님, 제가 쉬는 날, 금성이가 학교에서 폭력을 당했다는데 아시고 계셨어요?"

"네. 맞았다고 해도 지가 멀쩡하게 돌아다니기에 괜찮은 줄 알았죠."

"애가 아파서 구토가 나고 머리가 아파서 지금 학교에도 못 가겠다고 누워 있는데, 그리고 그런 일은 그때그때 전달을 해 주셔야지요. 병원에는 데리고 가셨나요?"

"아뇨. 친구들과 잘 돌아다니기에 병원엔 안 갔습니다. 뭐 별일 없을 겁니다."

"금성이 아빠나 보호자한테 연락해야 하는 거 아닌가요?"

"대표님이 안 해도 된다고 해서 안 했습니다. 대표님이 알아서 하시겠죠."

하이에나는 J에게 이 일에 대해 빠지라고 했다. 학교에서 조용히 해결했으면 좋겠다고 한다면서 가해자 부모를 하이에나가 만나볼 테니 J에게 가만히 있으라고 했다.

대머리수리는 별일 아니라는 듯 주방으로 가서 혼자 아침을 먹기 시작했다.

"선생님, 이리 오셔서 같이 아침 좀 먹어요."

"선생님 드세요. 저는 집에 가서 먹을 거예요."

등교할 시간이 지났는데도 금성이와 수성이는 방바닥에 누워 있었다.

"너희들 왜 아직 학교에 안 가고 이러고 있어?"

J가 금성이와 수성이에게 물었다.

"선생님, 저 배가 너무 아파서요. 몸살기가 있는지 머리도 아파요."

수성이가 방바닥에 엎드린 채 일어나지도 못하고 있었다.

매일같이 아르바이트를 하던 수성이가 기어이 몸살이 났다. 금성이와 수성이는 아침밥도 먹지 않은 채 아프다고 드러누워 있었다. 금성이도 많이 아파서 병원에 가야한다고 했다. 수성이도 많이 아파서 학교에 못 가고 담임선생님께 결석한다는 말도 못 한 채 방바닥에 드러누워 있었다.

"샘, 죄송하지만 저희 담임선생님께 전화 좀 해 주실래요?"

수성이가 백지장 같은 얼굴로 말했다.

J는 수성이의 담임선생님께 전화해서 하루 쉬게 하겠다고 말했다.

식탁에서 달그락대는 수저 소리와 우적우적 음식 씹는 소리가 거실까지 들려왔다. 그 소리와 함께 방안에서 금성이와 수성이의 신음소리가 오랫동안 J에게 들려왔다.

J는 하이에나에게 전화하여 금성이와 수성이를 데리고 같이 병원에 가자고 했다. 그러자 하이에나는 곧 병원으로 갈 테니 금

성이와 수성이를 데리고 택시를 타고 K 병원으로 오라고 했다. 세 사람은 A시에 있는 K 병원으로 갔다. 금성이의 고모와 가해자 학부형도 병원에 왔다. 금성이는 응급실로 갔다.

☞ 대머리수리와 하이에나

아이들은 수시로 욕설을 내뱉는 대머리수리와 하이에나에게 적의를 품고 있었다. 대머리수리는 근무 중에 침대에서 낮잠을 자는가 하면 밤 근무 시에는 술을 마시다 아이들에게 들킨 적도 있었다며 아이들이 불만을 쏟아냈다. 평소 생활이 이러니 교육이 되었을 리 만무했다. J가 초·중학생들에게 독서지도를 하자고 하니, 그는 아이들 교육은 절대 못 시킨다면서 J에게 다 하라고 했다. 또 J의 말에 따르지 않겠다며 하이에나에게 J를 해고시키라고 명령했다. 대머리수리는 하이에나를 호출하여 몇 차례 으름장을 놓으며 정상적인 방향으로 가자는 J를 내쫓으려고 했다.

J가 부당해고 당한 이튿날, 시청에 가서 몇 가지 서류를 작성해서 민원을 제기했다.

"선생님이 그냥 추측으로 말씀하시는 거 아니에요?"

J가 입증자료를 보여 주는 데도 담당 공무원 이민자는 이렇게 말했다.

"저는 어제까지 그곳에서 일한 사람입니다. 이 서류까지 보여드리는 데도 제가 추측으로 말한다는 겁니까? 독거미 씨 나오지도 않는데 해임보고도 안 되어 있는 거 아십니까?"

"작년에 나가 봤을 때는 있던데요? 우리가 나갈 때마다 직원들은 있었어요."

"독거미 씨는 작년에 근무했던 분이 아니고 올해 5월부터 근무자로 보고된 사람입니다."

독거미는 이름만 있는 유령인물이었다. 감사 준비를 하느라 J는 여러 가지 서류를 보았다. 업무일지 난에는 공란이 수두룩했다. 나오지도 않는 아이들의 명단이 살아있었고 생계비가 매달 지원되었다. 현철이는 지적장애 3급으로 M 정신병원에 입원되었고, C 그룹홈에 안 나온 지 1년 이상 되었다. 그런데도 그 아이의 이름으로 매월 65만 원씩 생계비가 지원되고 있었다.

"정신병원과 보호감호소에 들어가 있는 아이들에게도 생계비 지원이 되나요?"

"누가 정신병원에 들어갔는데요? 보호감호소에 있는 애는 또 누구에요?"

"현철이는 정신병원에 입원했다고 들었습니다."

"누구한테서요?"

"하이에나 씨한테서 들었습니다."

하이에나는 J의 임용서류가 보고되자 현철이를 정신병원에 입원시킨 건으로 방송사에까지 보도되어 시끄러웠고, 그 건으로 하이에나가 아동그룹홈 연합회에서 왕따가 되었고, 담당공무원과 심하게 다투고 폐지 명령 조치까지 받았다고 J에게 말했다.

"담당공무원과 다투고 폐지명령조치까지 받았다구요?"

이민자의 눈이 크게 벌어지며 물었다,

"네. 그 담당공무원이 원칙대로 하고 경력이 많은 시설장을 채용하라고 했답니다. 그리고 찬별이는 보호감호소에 있다고 서류에서 봤습니다. 정신병원에 입원한 아이와 보호감호소에 있는 아이에게도 생계비 지원이 되나요?"

이민자는 퇴소자 명단에 보고하지 않았다면 생계비는 지원이 되고, 그 돈을 정신병원에 아이들을 방문했다거나 보호감호소에 있는 아이들을 위해 쓰였다면 별문제는 되지 않는다고 했다.

"제가 C 그룹홈에 근무한 지 한 달이 되었는데 그 아이들을 위해 쓰는 거 한 번도 못 봤습니다."

"정말인가요? 독거미 씨도 말해주지 않았나요? 업무 인수인계는 했을 거 아니에요?"

"업무 인수인계도 없었고 독거미 씨는 아예 C 그룹홈에 나타나지도 않았습니다."

J는 전임 시설장인 독거미가 작년에 석 달 동안 무단결근했다는 사실을 말하며 그 사실을 알고 있었느냐고 이민자에게 되물었다.

"누가 석 달간 무단결근했다고요? 그 말은 누가 하던가요?"

"하이에나 씨한테서 들었습니다. 툭하면 결근하는 독거미 씨 때문에 속 터져 죽는 줄 알았다며, 독거미 씨가 석 달 동안 무단 결근하니 아이들의 입에서 독거미 선생 왜 안 나오느냐는 말이 들리니까 그때서야 진단서를 떼서 시청에 냈다고 했습니다."

J의 말에 이민자는 아무 말이 없었다.

"제가 오늘 말씀드린 것들 꼭 감사 나가서서 확인해 주시길 바랍니다."

J가 자리에서 일어서며 말했다.

한 달 후 G 경찰서에서 느닷없이 J에게 전화가 왔다.

"전화 받으시는 분이 J 씨 인가요?"

"네. 맞습니다."

"C 그룹홈에 하예나 씨 아시죠? 그분이 J 씨를 명예훼손으로 고소했습니다."

"뭐라 하셨어요? 하예나 씨가 나를 고소했다고요?"

"네. 하예나 씨가 J 씨를 정보통신법에 명예훼손으로 고소했 습니다."

"기가 막혀, 그 여자 멀쩡한 사람 부당해고 시켜놓고 뭐가 어쨌 다고요?"

"다음 달, 10월 13일에 A시에 있는 G 경찰서에 조사받으러 오 셔야 합니다."

"비리 서류가 다 있는데 그 여자가 죄를 덮어씌우면 전 죄인이 되는 건가요?"

"관련 서류 있으면 그날 갖고 오셔도 됩니다."

전화를 끊고 나자 J는 살이 부들부들 떨렸다. 다른 일에 집중할 수가 없었다.

J는 영문도 모른 채 출석 요구 일에 G 경찰서로 갔다. 경찰은 J가 올린 글의 각 단락 앞에 숫자 ①부터 ⑩까지 연필로 표시하고 있었다. 긴 시간이 흐르는 것 같았다.

죄 없이 형사 앞에 앉아 있으니 J는 묘한 생각이 들었다. J는 갑자기 동물 왕국이 떠올랐다. 힘없으면 무조건 잡아 먹히거나 짓밟히는 약육강식의 세계, 그것과 흡사했다. 서로 물고 물리는 C 그룹홈의 이야기들이 정글의 한 단면 같다고 J는 상상한다.

하이에나와 대머리수리는 썩은 고깃덩이를 찾아 서로 협력했다가도 으르렁대는 짐승이었다. 저 아이들은 어린 동물들 같다. 초등학교 일학년인 영웅이는 아버지의 실족으로 벼랑 앞에서 떨어졌다가 겨우 살아났으니 원숭이가 좋겠다. 고등학교 2학년인 금성이는 자기주장도 잘 하고 담력이 세니까 뱅골호랑이가 어울리겠다. 언젠가는 C 그룹홈의 증거를 모아 대머리수리를 자르고 C 그룹홈을 폐지시키겠다고 할 정도로 용기가 있으니 금성이는 뱅골호랑이가 어울리겠다. 수성이는 사자가 되고 중학교 2학년인 큰별이는 느림보곰으로 하고, 그 친구 혜성이는 재규어로 하

자. 그럼 나는? J는 초식동물인 코끼리가 좋겠다고 상상한다.

호시탐탐 정글의 어린 동물들을 잡아먹으려는 저 하이에나와 대머리수리를 어떻게 해야 할까? 뱅골호랑이와 사자, 느림보곰과 재규어와 원숭이, 코끼리가 합세하여 정글에서 살아남아야 한다. 저 악마 같은 하이에나와 대머리수리를 정글에서 몰아내고 코끼리 등에 살아남은 동물들을 태우고 덩실덩실 춤을 추고 싶다.

"여기 적힌 C라는 글자가 C 그룹홈을 두고 쓴 글 아닙니까?"

갑자기 K 형사의 고함소리에 J는 상상 속에서 빠져나왔다.

K는 원문자를 짚어가며 조사를 했는데, 유독 한 단락에 집중하며 유도심문誘導審問하고 있었다.

"아닙니다. 사회복지 전반에 대해 쓴 글입니다."

"이게 어떻게 사회 전반적인 글입니까? SNS(사회 정보망 시스템), 카스토리에 올린 글도 허위 사실이면 정보통신법에 적용되어 명예훼손에 걸린다는 거 모릅니까?"

경찰은 조사 기록철을 흔들면서 J에게 소리쳤다.

"'사회복지사 자격증도 실무경력도 없는 자들이' 복지시설을 열어 유령의 인물을 내세워 정부에서 주는 인건비를 꼬박꼬박 착복하고 있는 '이 부조리한 사회', 썩어빠진 생선 대가리보다 더 '비린내 나는 인간들이 판을 치는 복지계', 아이들이 시설에서 눈칫밥 먹느라 제 목소리 한 번 못 내고 '그러다가는 강제 퇴소당하는 복지계의 현주소.' '벼룩의 간을 빼먹듯 하는 파렴치한들이 설

처대는 현실이다.' 이런 말들이 사회 전반적인 글 아닙니까? 저는 허위 사실 유포한 적 없습니다."

"이 글, 지적장애인에 관한 글 C 그룹홈을 두고 쓴 글이 아닙니까?"

"아닙니다. 문맥으로 봐도 C 그룹홈 내용이 아니지 않습니까?"

경찰은 고함을 지르며 지나친 유도심문과 협박을 했다. 조사철로 책상을 탕탕 두드렸다. 목에 핏대를 올리며 J를 죄인 취급했다. 아직 죄가 드러나지 않았고 조사 중인데 경찰이 고함치며 '피고인'이라는 용어까지 쓰는 것이 J는 불쾌했다. 피고인은 법정에서 쓰는 용어이고 J에게는 '피고소인'이라 써야 옳은 말이다.

☞ 야누스

대질조사가 있는 날이었다. J가 하이에나와 나란히 형사 앞에 앉았다. K 형사는 C 그룹홈에는 몇 명이 근무하는지 근무형태와 시설장과 생활지도교사의 차이에 대해 J에게 질문했다. 아이들을 돌보는 일은 시설장이나 생활지도교사와 같지만 대외적인 일이나 결정, 학교상담이나 아이들 입·퇴소 처리, 사건 사고 처리는 시설장이 한다고 J가 말했다. 그러자 K 형사는 다음 질문을 했다.

"피고인은 고소인이 부당해고를 했다는데 사실입니까?"

"그건 생각의 차이입니다. 해임이라고 생각하면 되는 것을 이 분이 해고라고 생각하는 겁니다."

하이에나가 대답했다.

"그건 부당해고지 어떻게 해임입니까? 일방적으로 나오지 말라고 강요하는 게 해고 아닙니까?"

하이에나의 말이 끝나자마자 J가 받아쳤다.

"네. 그건 생각의 차이 같네요. 그 문제는 여기서 말할 사항이 아니고 두 분이 따로 얘기하세요."

J의 머리를 망치로 치는 듯한 K의 말이었다.

"그럼 이제 허위사실 유포, 정보통신법에 대해 조사하겠습니다. 피고인은 카스토리에 글을 게시한 사실 있죠?"

"네. 카카오스토리는 제 습작 노트입니다. 글을 자주 쓰기 때문에 카스토리를 많이 활용합니다."

K는 한 달 전, 1차 조사 때와 같은 질문을 하고 있었다. 그때와 다른 것이라면 K 형사의 조사방법과 태도가 많이 달라졌다는 것이다. 고압적인 태도, 간과, 비아냥, 신경질, 지나치게 큰 목소리, 억지 주장과 유도심문이 많아졌다는 것을 J는 느꼈다.

K는 J에게 하이에나가 제출한 확대 스캔한 카카오스토리 내용을 들이밀었다. K는 J를 쩨려보았다. 미간에 잔뜩 힘이 실려져 있고 가느다란 실눈이 더욱 작게 보였다. K가 갑자기 부동자세를 취하며 그녀를 향해 큰소리치며 심문했다.

"여기 적힌 C라는 글자가 C 그룹홈이라는 거죠?"

"아닙니다. 그건 이니셜일 뿐 C 그룹홈이 아닙니다."

K는 1차 조사 때처럼 J가 쓴 글에 원문자를 써 놓고 짚어가며 다그쳤다. 그때 하이에나가 거들었다.

"이거 보세요. 형사님, 우리 C 그룹홈을 두고 한 말이잖아요? 현철이를 두고 한 말이라니까요. 세상에, 어떻게 이런 글을 여기 올릴 수 있어요? 이건 명예훼손이라구요."

"이보세요? 내 카스토리에 내가 글 올리는데 왜 난리에요? 문맥이 이해가 안 되거든 가만히나 있지. 어디를 봐서 C 그룹홈 입니까?"

J가 하이에나에게 말하자 K 형사가 다시 J에게 질문했다.

"나중에 현철이 엄마를 불러서 조사해 볼 겁니다?"

K 형사는 작은 눈을 크게 뜨고 있었다. J는 대답할 필요를 못 느꼈다.

그 대목은 지적장애인을 부모 동의 없이 시설에서 정신병원에 감금시켰다는 내용이었다. C 그룹홈에서 지적장애인을 정신병원에 넣은 사실이 있고 그 때문에 시청에서 폐지조치 명령까지 한 사실이 있지만 J가 쓴 그 대목은 C 그룹홈의 내용이 아니었다. K는 어디까지가 사실이고 어디까지가 허구인지 말하라고 큰소리로 유도심문했다.

"이것 보세요. 글을 쓰신다면서요? 허위 사실을 유포하면 이건 명예훼손이에요. 아십니까? 당신이 작가는 무슨 작가라고. 소설을 쓴다구요? 소설도 사실을 바탕으로 쓰는 거 아니냐구요?"

K가 갑자기 조사 기록지를 책상 위에다 세게 탕탕 치며 큰 소리로 말했다. J는 자존심이 무척 상했다. J가 아니라고 진술하는데도 다음 조사로 넘어가지 않고 자꾸만 유도심문하는 조사관의 태도에 불쾌했다.

"아니라고 했는데 왜 자꾸 C 그룹홈이라고 우기세요? 사회문제적인 지적장애인 시설들을 알기 때문에 그 시설을 쓴 거지 C 그룹홈을 두고 쓴 게 아니라고 했잖아요? 그리고 제가 평소에 사회 비판적인 글을 잘 쓴다구요."

J가 다소 격앙된 어조로 대답했다.

K는 빈정거리는 말투로 J의 스마트폰에 사회 비판적인 글이 어디에 있는지 찾아서 보여 달라고 했다. 그의 말을 듣고 10초의 시간이 흘렀을까,

"내 참 어이가 없어서."

J는 자신도 모르게 독백이 튀어나왔다.

"지금 누구보고 어이가 없다고 하셨습니까? 피고인이 보기엔 조사관이 우습게 보입니까?" 신경질적인 K는 미간을 잔뜩 찌푸리며 J를 째려보았다.

"누가 우습다고 했습니까? 제가 조사관님한테 말했나요? 고소인이 명예훼손으로 건 게 너무 어이가 없다고 혼자 독백한 거죠.

그런 말도 못 하나요?"

J의 말에 K는 조사관이 그렇게 우습게 보이냐며 식식대며 또한 번 소리를 질렀다. 다른 경찰들이 힐끔힐끔 이쪽 테이블을 쳐다보았다. J는 곧바로 K에게 사과했다. 그러자 K의 주름진 인상이 조금씩 펴지고 있었다.

"네. 알겠습니다."

그렇게 말한 후 K 형사는 다시 조사내용을 컴퓨터에 입력하기 시작했다.

하이에나는 잠자코 있었다. K는 다음 단락의 글을 읽고 있었다.

"여기 '가정폭력과 학대, 방임으로 인해 생활시설인 아동쉼터로 입소한 아이들을 다시 방임, 학대하고 아이들의 이름으로 나오는 생계비를 아이들을 위해 다 쓰지 않고 벼룩의 간을 빼 먹듯하는 파렴치한 인간들'이라고 한 거 이 내용은 사실입니까? 무슨 내용입니까?"

"C 그룹홈의 위생 환경이 불결하고 아이들의 이불도 일 년 이상은 안 빨았는지 때가 절어 새까맣고 침대도 없어 맨바닥에 잠을 자고 있었고, 이불 가장자리와 모서리는 다 헤져서 너덜너덜했습니다. 먹거리도 제대로 안 사주고 생계비를 아끼라며 일주일에 십만 원으로 부식과 생필품까지 다 해결하라고 했는데 턱없이 모자랐습니다. 냉장고 안에 부식 재료도 거의 없고 대머리 수리 씨도 저더러 집에서처럼 해 먹이지 말라며 생계비를 아끼라고 했습니다."

J가 숨 고르기를 한 후에 다시 말했다.

"수성이는 봄에 C 그룹홈에서 썩은 쌀로 밥을 해 줘서 C 그룹홈에 다니기 싫다고 한다고 학교 담임선생님한테서 들었구요. 전임 시설장이던 독거미 씨가 작년에 석 달씩 무단결근하며 고소인을 골탕 먹였고, 독거미 씨는 자리를 비우고 아이들의 법정 사건이 나면 법원에도 나서지 않았다고 고소인이 말했습니다. 석 달씩 무단결근하여 자리를 비우자 아이들 입에서 독거미 선생 왜 안 나오냐는 말이 나오자 급하게 진단서를 떼서 시청의 눈을 피했다고 했습니다. 그게 이차 방임 아닙니까? 고소인이 아이들한테 '개자식아, 개새끼도 그만큼 말하면 알아 처먹겠다.' 하며 차마 입에 담지 못할 말을 많이 했습니다. 대머리수리 씨도 욕하는 건 마찬가지였구요. 그게 아동 방임이고 학대 아닙니까? 신체적 학대만이 학대가 아니라 정서적 학대도 학대입니다. 업무일지도 거의 다 공란이고 날인도 안 되어 있고 엉망이었습니다."

K 형사는 하이에나에게 J의 말이 사실인지, 독거미가 석 달씩 무단결근했다는 말도 사실인지 애써 실눈을 크게 뜨며 물었다.

"애들이 사내애들이다 보니 워낙 거칠어서 이불을 주면 그냥 자지를 않고 장난을 쳐서 모서리가 다 헤지고 바이어스가 다 뜯어져 캐시미어 솜이 나오고 그랬습니다. 이불이 변변치 못했습니다. 사실 자체는 맞는 말입니다. 비단 이불에 좋은 이불은 아니었습니다. 이사도 하고 그래서."

"그럼 사실관계는 맞는 말이네요? 이사 때문에 이불이 그랬다는 거죠?"

"네. 독거미 씨는 같이 일하는 동안 제가 급여를 60만 원밖에 주지 못했습니다. 인건비 미지원 시설일 때라 그러다 보니 이삼 개월씩 못 나올 때도 있었습니다. 그래서 제가 병원에 가서 진단서 서류를 떼 오라고 해서 시청에 제출했습니다. 그리고 운영일지에 공란이 많았던 것은 특이사항이 없을 때는 그냥 넘어갈 때도 많았습니다."

"고소인은 아이들에게 개자식, 개새끼라며 욕을 했다는데 언제 어디서 했습니까?"

"제가 면접 보던 날 사무실에서 두 아이가 미장원에 빨리 따라나서지 않는다고 그런 욕을 했습니다."

J가 대답했다. 그러자 K가 다시 하이에나에게 물었다.

"고소인, 피고인의 말이 사실입니까?"

"네. 사실입니다. 제가 그렇게 말한 거 같습니다."

"그럼 피고인이 진술한 내용이 사실이네요?"

"네."

하이에나는 모깃소리만 한 목소리로 대답했다.

K는 이어 '사회복지사 자격증도 경력도 없이 사회복지계에 일을 한다'는 내용과, '실습생인 제 마누라 이름 아래 얹어놓고 실

습은 하러 코빼기도 안 비춘다'는 내용은 무슨 말인지 J에게 물었다. J는 상세하게 설명했다.

독거미는 남편의 슈퍼바이저로 얹혀 있었다. 독거미는 실습하러 나오지도 않는 남편의 가짜 실습지를 써 주기 위해 하이에나에게 J의 임용 보고를 한 달씩이나 미뤄달라고 한 것이다. J는 하이에나에게 임용 보고부터 해야 한다고 했지만 하이에나는 듣지 않았다. J는 임용 보고도, 근로계약서도 쓰지 않은 채 한 달을 일한 것이다.

"거기에 쓴 내용 전부가 사실입니다. 전 허위 사실 유포한 적 없습니다. 지적장애인의 얘기는 과거에 근무한 시설 얘기를 쓴 겁니다."

"그 사람이 누구입니까? 밝힐 수 있습니까?"

"밝힐 수는 있지만 그 사람의 인권에 관련된 거라 여기서 밝히기 곤란합니다. 필요하면 나중에 검찰에 자료를 내겠습니다."

J가 조사관에게 또박또박 말했다.

죄가 없어도 고소를 당하면 죄인 취급부터 당하는 사회라니, J는 억울했다.

하이에나는 C 그룹홈의 한 아이를 정신병원에 넣은 사건을 J가 쓴 거라며 경찰 앞에서 계속 우기고 있었다. 하이에나의 입꼬리와 눈꼬리가 샐쭉대며 올라간다. 어깨를 으쓱댄다. 어쩌면 저렇게 뻔뻔할 수가 있을까. 야누스의 얼굴 같았다.

☞ 마지막 진실의 한 조각

경찰서에서 집에 돌아온 J는 G 경찰서 상부에 전화하여 담당 조
사관을 바꿔 달라고 고했다. 그러자 반장 형사가 J에게 사과했다.

"죄송합니다. 제가 K 형사를 대신하여 사과드립니다. 아마도
이 사건을 맡았던 L 지휘 검사님이 고소인이 명예훼손이라고 주
장하는 그 부분을 집중적으로 조사하라고 했을 겁니다. 그래서
K 형사가 그렇게 고소인의 고소내용 중심으로 조사했던 것 같습
니다. 혹시 그 C 그룹홈 시설에 대한 전반적인 조사를 저희 경찰
서에 의뢰하신 적은 있습니까?"

"아뇨. 없습니다. 저는 그것을 밝혀주기를 원하는데 아직 경찰
서에서는 그것을 어떻게 진행하는지 알 길도 없고 제가 확인한
자료도 제대로 조사도 안 하고 넘어가고 있었습니다. 저는 그게
더 답답합니다."

"그건 고소로 하면 잘못하면 무고죄에 해당이 되니까, 고소가
아닌 고발로 그 시설의 어떤 부분을 조사해 달라고 의뢰를 하시
면 저희가 조사해 드립니다."

이튿날 J는 3차 진술서를 제출하고 진정서를 쓰기 위해 G 경
찰서 민원실로 갔다. 담당 경찰은 진정서를 쓰는 데도 법적 효력
이 있는 자료가 있어야 한다고 했다. J는 시설 관련 서류를 갖고
가지 않아 그냥 돌아와야 했다. C 그룹홈 비리 조사 의뢰절차도

복잡하고 일이 많았다.

J는 명예회복과 인권을 되찾고자 법적 대응키로 했다. 벌금 백만 원의 약식명령 통지서를 받았다. 몇 날 며칠 불면의 밤을 보냈다. 입안에 든 밥알이 모래알이었다.

하이에나가 명예훼손으로 걸었다는 대목은 지적장애인을 정신병원에 감금시켰다는 내용이었다. 그것은 J가 과거에 근무한 장애인 시설의 이야기이다. 그때도 그녀는 한 아이의 인권을 되찾기 위해 얼마나 뛰어다녔던가. 그에 관련한 당시의 녹취록과 증거자료도 있었다. 그때의 사건이 J에게는 크고 충격적이어서 오 년이 지났지만 자료를 보관하고 있었다. 사회복지에 꿈을 갖고 첫발을 내디딘 곳이었는데 그런 엄청난 사건을 보았으니….

모든 것을 밝혀야 했다. 부당해고에 명예훼손 고소까지, J는 더는 참을 수 없었다. A시에 있는 노동부에 가서 근로계약 미체결 건으로 진정서를 올렸다. 여성가족부와 학대아동센터, A시청 민원실, 국가인권위원회와 국민권익위원회에까지 몇 날 며칠 밤새워 글을 써서 억울함을 호소했다. 변호인을 선임했다.

재판은 금방 끝나지 않았다. J는 G 경찰서에 다시 가서 C 그룹홈의 비리 조사 민원을 제기했다. 이제 하이에나가 피고소인이 되었다. 하이에나는 재 감사를 받던 중 공금횡령, 인건비 착복, 여러 건의 부조리가 드러났다.

해가 바뀌자 국가인권위원회에서 J에게 연락이 왔다. C 그룹홈이 감사 후 부패한 시설로 밝혀져 3월 말일자로 시청에서 폐업시키고 아이들은 타 그룹홈으로 이관시켰다고 했다. 진실이 이겼다. J가 쓴 글도 모두 명백한 사실로 드러났다.

당시에는 J의 주변 사람들이 J를 말렸다. 계란으로 바위 치기 격이니 참으라고, 시간 낭비, 에너지 낭비라고 했다. 그때마다 J는 낙숫물이 댓돌을 뚫는다는 속담을 되새겼다. 보잘것없어 보이는 낙숫물 한 방울의 힘은 크다.

J는 국가인권위원회 직원의 전화를 받고 아이들을 한 명씩 떠올린다. 한창 크는 성장기에 따뜻한 밥 한 그릇, 고기 한 점을 배불리 먹을 수 없는 아이들의 심정이 어땠을까. C 그룹홈보다 더 나은 곳으로 갔다고 하니 이젠 밥을 배 불리 먹을 수 있었으면, 용돈도 넉넉히 받으며 공부도 잘 하고 지낼 수 있었으면….

금성이와 수성이와 C 그룹홈의 아이들과 J는 억겁의 인연으로 만났을 것이다. 태어나서 사라지는 날까지 어쩌면 그 별들을 못 만나고 갈 수도 있었을 텐데, 그들이 만난 것은 많은 전생의 인연이 있어서일 게다. 우주에 빛나는 저 별들. 그 별도 나름대로 존재의 의미가 있을 것이다. 흐린 날에는 잘 보이지 않는 별일지라도 맑은 새벽녘에는 누군가의 힘든 삶의 여정을 밝혀주는 샛별이 되리라. 오늘도 J는 저 샛별을 오래도록 바라보고 있다. 그때 그 별들의 목소리가 들려오는 듯했다. (2015)

목련 아동 꿈터

언니가 해고 당했어요 목련 봉오리가 아이들처럼 흐드러진 봄날이었어요 언니는 직원으로 취직했거든요 아름드리 나무가 눈에 선한 정원이 화사했어요 그런데 원장은 바이러스 같았어요

없는 자격증으로 시설을 운영하고 없는 사회복지사 이름으로 인건비를 지원받고 없는 입소생의 이름으로 교육비를 지원받고 없는 실습생의 이름으로 실습지를 써주었고 지적장애인 이름으로 생계비를 탔어요

없는 것을 찾아내고 확인하던 언니는 입사한 지 한 달 만에 잘렸어요 해고당하던 날 밤, 목련 봉오리들이 강한 바람에 쏟아졌어요 한 달 뒤 경찰서에서 전화가 왔어요 언니가 명예훼손으로 고소당했대요 고소하고 싶었던 사람은 언니인데 정보통신법을 위반했다는 거예요

언니는 백신이 되겠다고 다짐했어요 여성가족부와 시장에게 민원을 넣고 학대아동신고센터에 접수하고 노동부에 고발하고 인권

위원회에 진정서를 올리고 국민권익위원회의 신문고에 글을 올렸
대요

　이윽고 4월이 되자 목련 봉오리가 다시 피어나기 시작했어요
바이러스를 격리시키듯 원장은 끝내 정원을 떠났어요 아이들은
하나둘 꽃을 피웠고 파릇한 잎들이 무성해졌어요 언니는 그 바
이러스로부터 완치되었어요

여행 일정: 1999. 8. 2. ~ 1999. 8. 11.

첫째 날, Washington DC

현직 유아교육 업계에 종사하는 이들과 미국 버지니아 대학 콘퍼런스에 참여하기로 했다. S 교수님의 인솔하에 진행되는 열흘간의 일정이다. 어린이집을 운영하는 나는 방학을 이용하기로 했다. S 교수님은 레지오 에밀리아와 방과 후 교육에 관심이 많은 분인데 나 또한 그 프로그램에 관심이 많았다. 유아들뿐 만이 아니라 맞벌이 부부 자녀 중 초등부 저학년의 방과 후 돌봄이 시급하다고 생각하기 때문이다. 그런 면에서 이번 콘퍼런스는 내게 유익한 공부가 될 것 같았다.

어제부터 소풍을 기다리는 아이처럼 기다리고 있는데 비가 억수같이 내리고 있다. 새벽녘 잠시 가늘어진 빗줄기는 아침이 되자 다시 굵은 빗방울에 천둥까지 치고 있었다. 강릉행 국내선 비행기는 결항이라는 아침 뉴스가 마음을 심란하게 했다.

아침 여덟 시까지 김포공항에서 집합하기로 했기에 미국으로 가든 못 가든 공항까지는 가야 한다. 공항으로 가는 승용차 안에서 나는 기도했다. 비는 그치지 않았다. 걱정이었다. 그런데 이게 웬일일까? 국내선은 결항이지만 국제선은 출항했다. S 교수님 이하 일행 19명은 열 시에 KAL KE083기에 탑승하여 10:09분에 비행기는 김포공항을 이륙했다.

얼마쯤 갔을까. 어디쯤일까. 하늘은 언제 천둥을 쳤냐는 듯 빗줄기는 사라지고 가을 하늘처럼 맑고 푸르다. 푸른 하늘 사이사이로 흰 솜이불들이 이리저리 널려 있다. 하늘은 운해雲海다. 크고 작은 흰 구름이 뭉실뭉실 펼쳐져 있는 것이 마치 바다에서 파도가 밀려오는 것 같다.

창공을 높이 날아오를수록 켜켜로 펼쳐놓은 듯한, 흰 구름은 실로 장관이 아닐 수 없다. 나는 대자연의 신비함에 감탄이 절로 나왔고 이 거대한 우주 공간 속에 미약한 내가 존재해 있다는 사실에 감사했다.

앵커리지 매킨리산을 지나니 한국 시간으로 8월 2일 오후 6시였다. 현지 시간은 새벽 다섯 시. 그곳에서 나는 일출을 보았다. 먹구름 뒤에 나타나는 일출의 장관은 놓치기 아까운 장면이었다. 이 아름다운 장관을 나타내고 싶어 수첩을 폈다.

꼬박 열세 시간을 기내에서 보낸 후에 Washington DC에 도착했다. 한국과 미국과의 시차는 정확히 열세 시간, 말로만 듣던 시차를 직접 체험하고 있으니 이 얼마나 감사한 일인가.

공항에 도착하자 INS(International Network Tour & Service, Inc) 여행사에서 키가 작달막한 가이드가 나와 있었다. 나는 이틀 밤을 꼬박 새운 탓에 토끼 같은 빨간 눈을 하고 부지런히 가이드와 일행들을 따라갔다. 한국인이 운영하는 한식당에서 점심을 먹고 우리는 워싱턴 시내를 관광했다.

한국인이 여행 오면 제일 먼저 들른다는 '알링턴 국립묘지'를 우리도 첫 코스로 택했다. 미국의 도시명과 다리명은 사람 이름을 딴 곳이 많은 게 특색이었다.

▼ 알링턴 국립묘지

Washington DC는 미국의 초대 대통령인 죠지 Washington의 이름과 DC는 District of Columbia의 첫 글자를 하나씩 따서 Washington DC라고 했다.

Washington DC는 벤쟈민베너크가 짜낸 도시이며 행정구역상 50주에 속하지 않고 연방부에 속한다. 워싱턴은 지금 미국의 수도이며 정치인들이 많이 사는 곳으로 미국에 이민 온 한국인들이 이곳에서 세탁소를 많이 하고 있다고 한다.

알링턴 국립묘지는 남북전쟁 당시 장군 '로봇 리'의 저택이었다. 알링톤 국립묘지에는 병사 이상의 전사자들이 묻힐 수 있다고 한다. 이 국립묘지 안에는 케네디 대통령의 묘지와 그의 아우 로버트 케네디 묘지가 있는데 케네디 대통령의 묘지 위에는 '영원히 꺼지지 않는 불'이라는 의미를 지닌 성화가 있었다.

그의 아우 로버트 케네디 묘지 위에는 하얀 십자가가 꽂혀 있었다. 이는 화려하지 않게 언덕 위에 하얀 십자가를 꽂아 달라고 한 로버트 케네디의 유언대로 그렇게 했기 때문이라고 했다. 로버트 케네디의 묘지 앞에는 물이 흐르고 있었는데 이것은 형의 '영원히 꺼지지 않는 불'과 조화를 이루기 위해서라고 한다.

케네디 대통령의 묘지는 봉분을 하지 않은 평장묘平葬墓였다. 대리석에 글씨를 새긴 자판이 묘지 위에 평면으로 얹혀 있는 게 특색이었다.

▼ 케네디 대통령의 묘지

한낮의 더위 속에 양산을 쓰고 우리는 전용 버스로 링컨 기념관에 갔다. 링컨 기념관은 국회의사당 앞 Pentagon(일명 연필 탑) 오각형의 미국 국방 총성과 정면에 위치하고 있으며, 기념관 안에는 링컨의 좌상이 있다. 이 기념관은 정면에 있는 국회의사당보다 높으면 안 된다는 고도제한에 걸려 국회의사당 높이만큼 지어진 것이다.

링컨은 미국의 16대 대통령으로 남북전쟁 화합과 노예해방으로 큰 업적을 남긴 대통령이다. 그의 기념관 상단부 4면에 36개의 뾰족한 조각은 링컨 재임 당시 36개의 주가 있었음을 의미하며, 링컨이 게티즈버그 연설(of the people, by the people, for the people)을 한 곳이 바로, 링컨 기념관이 있는 자리라고 한다.

옛날에는 링컨 기념관 입장 시 정장 복장으로 입장할 수 있었는데 미국 시내 여성들이 자유로운 복장으로 입장할 수 있게 해달라고 나체 데모를 한 이후부터는 자유복으로 입장할 수 있게 되었다고 한다.

▼ Pentagon (일명 연필 탑)

링컨 기념관 옆에는 아름답고 잔잔한 강물이 흐르고 있었다. 이 강은 세네카 강으로 '포토맥'이라 이름하며 '사랑의 강'으로 불린다. 링컨 기념관 앞에서 사진을 몇 장 찍고 우리는 백악관으로 갔다. 미국의 건물들은 우리와 많이 달랐다. 첫 번째가 관공서나 학교, 집과 집 사이에 담이나 울타리가 없다는 게 특징이었다. 그 건물들은 도로변에 근접하고 있으며, 우리나라 건물들처럼 한참 마당을 지나야 현관에 갈 수 있는 그런 것과 사뭇 달랐다.

우리들은 백악관 앞 잔디밭에 앉아 단체사진도 찍고 마치 공원에 온 것 같은 편안함을 느꼈다. 백악관 국회의사당을 지나 한국 참전용사 기념비에 갔다. 마치 살아 있는 듯 생동감 있는 군인입상이 19개가 서 있었다. 벽면 대리석이 햇빛에 반사되면 그 19개의 군인 상은 다시 38개로 보인다고 했다. 이 38이라는 숫자는 삼팔선을 의미하고 있고, 조각 입상들이 서 있는 땅의 삼각형 모양은 삼면이 바다로 둘러싸인 한반도를 의미한다고 한다.

▼ 링컨 기념관

저녁이 되자 우리들은 예약된 Double Tree Tyson Hotel로 가서 묵기로 했다. 시차 적응도 되지 않고 열세 시간 동안 비행기를 타고, 폭염 속에 여행을 한 우리들은 숙소에 도착하자 모두들 자고 싶은 마음뿐이었다.

피로에 지친 몸으로 책상 앞에 앉았다. 갖고 온 다이어리를 펼쳤다. 서울을 떠나오기 전에 미리 S 교수님께서 내게 이번 여행기를 써라, 고 말씀하셨기 때문이다. 미국 여행기를 쓰기 위해 종이에 몇 자 끼적거려 보았지만, 머릿속이 온통 뒤죽박죽이었다. 몇 날 며칠 밤샘을 한 탓에 시차 적응이 안 되어 생각의 끈들이 쏙쏙 나오지 않았다. 대충 샤워를 끝내고 다들 모여 있는 방으로 갔다. 밤 열 시가 넘어 S 교수님과 우리는 모두 재미있는 얘기 속에 샴페인을 터뜨리며 오늘의 피로를 날리고 있었다.

한 잔은 우리의 즐겁고 알찬 여행을 위하여
한 잔은 좋은 사람들과의 좋은 추억을 위하여
한 잔은 모두의 건강과 내일의 발전을 위하여
마지막 한 잔은 세계 모든 이들의 자유와 사랑과 정의를 위하여…. (1999)

하늘

거실에 꽃기린이 하늘을 기다리며 피고 있다

꽃밭에 매화가 하늘을 열며 피고 있다

그 곁에 개나리가 하늘을 달래며 피고 있다

그 뒤에 라일락이 하늘을 흔들며 피고 있다

담장에 기대 목련이 하늘을 찌르며 피고 있다

앞산에는 진달래가 하늘로 함성을 지르며 피고 있다

둘째 날, Kid Land Child's Care

Washington DC에 있는 Double Tree Tyson Hotel에서는 뷔페식 양식이 나왔다. 먹음직스러운 음식들이 나를 유혹했지만 다이어트 중이라 삶은 감자와 우유, 과일 몇 조각으로 아침 식사를 간단히 했다. 아침 식사 후 Washington DC에 있는 Kid Land Child's Care를 방문했다. 그곳은 개인이 운영하는 기관으로 주로 맞벌이 부모를 둔 아이들이 많이 다니고 있었으며 영아, 6세부터 12세까지의 초등학생까지 방과 후 교육으로 다니고 있었다.

전체 원아는 백 명이고 교실은 네 개이며 원장실은 유아반 교실 내에 있었다. 원장실에는 CCTV가 있어 각 교실의 상황을 한눈에 볼 수가 있었다. 8월에 학기를 시작하였으며, 커리큘럼은 유아교육 용품점 같은 곳에서 매월 제공하는 학교 그림 공급 물품과 교사가 자기 반의 프로그램을 나름대로 개발하여 절충하는 교사 주도형 프로그램을 하고 있었다.

레지오 에밀리아 교육 방법과는 동떨어진 어린이집이었고 우리나라의 유치원, 어린이집과 유사한 교육기관이었다. 이곳에서의 교사자격 보수교육은 CDA라고 하는 우리나라의 보육교사 정도로 월급은 2주에 한 번씩 준다고 했다.

영아반은 교사와 아동의 비율이 1:4이고 4세 반은 아동 13명당 교사 두 명이 지도하고 있다. 6세부터 12세까지의 아동은 초등학교 방과 후 교실에서 점심 식사 후 언어, 작업 등 겨울에는 썰매를 타고, 우리의 유치원 프로그램과 유사했다. 식당은 어린이집 안에 없었고 다른 데서 준비하여 점심시간에 이곳으로 차량으로 운반하고 있었다.

그 원장은 이 어린이집 외에 다섯 개의 유치원을 더 운영하고 있다고 했다. 그 말에 놀랐다. 교육의 질적 가치보다 자칫 기업적으로 운영하게 될 것 같아, 혹여 아이들에게 홀대하는 일이 생기지나 않을까, 쓸데없는 걱정이 앞섰다. 그 점에서는 내 교육관과는 많이 다른 것 같았다.

Kid Land Child′s Care를 나오면서 S 교수님께서 간단한 선물을 그 원장께 드리고 우리는 다시 워싱턴에 있는 Capital Children′s Museum을 방문했다. 이곳은 레지오에서 인정받은 곳이다. 그곳엔 프로젝트가 심도 있는 접근법으로 얼굴을 커켜이 꾸미는 것과 발 드레마임 즉, 손, 발을 이용한 접근법으로 매체를 가지고 일상적인 것도 새롭게 보는 것이 특색 있어 보였다. 한편 찰흙으로 눈, 코, 입을 따로 꾸미는 것이 인상 깊었고 특히 내 눈길을 끈 것은 책 만들기 코너였다. 여러 가지 소재 즉, 헝겊, 흙 켄트지, 모루 끈, 단추, 한지, 동물의 털을 이용하여 다양한 형태로 아이들의 책을 만들어 둔 것에서 교사가 아이들의 개성을 얼마나 존중해 주는가를 한눈에 알 수 있었다.

중식 후 스미소니언 박물관에 갔다. 자연사 박물관 입구에는 화석으로 변한 나무가 상징처럼 안내원처럼 서서 우리들을 맞이했다. 박물관 안에는 여러 가지 기암괴석에서부터 다이아몬드에 이르기까지 여러 종류의 생물, 무생물들이 전시되어 있었다. 특히 내 눈길을 끈 것은 기암괴석이었다. 자연물치고는 너무나 아름다운 예술품 같았기 때문이다. 또 하나 인상 깊었던 것은 사람의 키보다 훨씬 큰 오징어가 전시되어 있다는 것이었다. 아이들과 같이 견학을 오면 좋겠다는 생각을 하며 정해진 시간 내에 전용차를 타기 위해 걸음을 재촉했다.

워싱턴을 출발하여 블랙스버그로 오는 길에 Luray동굴을 관람했다. Luray동굴은 워싱턴에서 한참 떨어진 시골에 있었다. Luray동굴은 1878년 Benton Pixley Stebbins와 William B. Campbell 그리고 Andrew Campbell, 이 세 사람에 의해 발견되었다고 한다. 그들이 처음 Luray동굴을 발견했을 때는 동굴 안에 물이 가득 차 있어서 안에 들어갈 수 없었다고 한다. 이튿날 그들이 Luray동굴에 다시 왔더니 물이 다 빠지고 없었다고 한다.

동굴 안에는 수억 년 전부터 자라 온 크고 작은 종유석들이 동굴 바닥에 닿을 듯 길게 병풍처럼 쳐져 있었고 그 모양은 각양각색이었다. 어떤 곳에는 종유석에 석순이 맞붙어 하나의 멋진 예술품으로 만들어진 것도 있었다. 동굴 안을 한참 들어가다 갑자기 황홀경에 빠졌다.

　나는 내 눈을 의심했다. 너무나 투명한 거울 같은 것이 종유석을 비추고 있었고, 거울 속에 비친 종유석은 다시 그대로 빛에 의해 반사되는 듯한 장관을 보았기 때문이다. 나를 황홀하게 유혹한 종유석으로 가 보았다. 그것은 거울에 의한 빛의 반사가 아니라, 동굴 속에 얕게 고인 물에 종유석이 비친 것 때문에 나타난 것이다. 나는 그 물속에 조심조심 손을 넣어 보았다.

▼ Luray 동굴 안에서

물에 비친 종유석과 동굴 안의 모습, 그것은 하나의 황홀한 예술품이었다. 가이드를 따라 또 한참을 들어갔더니 그곳은 더 신기했다. 동굴 속에서 결혼식을 할 수 있을 만큼 넓은 곳이 있었는데 이 Luray동굴에서는 지금까지 백 쌍이 넘게 결혼식을 올렸다고 한다. 마치 예식장 같은 그곳에는 연주용 피아노도 놓여 있었고 피아노 건반이 타건 될 때마다 꼬마전구의 전깃불이 그 음에 맞춰, 종유석 끝을 간지럽히듯 섬세하고 예민하게 울려주는 장치가 되어 있었다. 마치 크리스마스트리를 보고 있는 듯했다. 우리는 모두 동굴 속 결혼식장 앞에서 단체 기념사진을 찍었다. 40불을 주고 옵션으로 선택한 이 동굴 코스가 조금도 후회되지 않았다.

버스는 다시 Blacksburg Virginia로 이동하기 시작했다. 가도 가도 끝이 없는 대륙, 그리고 초원…. 가슴속이 뻥 뚫리는 듯했다. Blacksburg Virginia Tech에 도착하니 밤이 되었다. Washington DC에서 Blacksburg Virginia까지 버스로 네 시간이 걸렸다.

우리는 Virginia Tech의 기숙사에 가서 짐을 풀었다. 내가 묵을 방은 371호였다. 현관문을 열고 들어가면 방이 세 개 있고 각 방엔 싱글 침대가 두 개씩 있고, 방과 방 사이에는 간이 휴게소에 탁자 소파까지 있었다. 우리나라 호텔급의 기숙사를 보고 누구인지는 모르지만 이곳에서 공부하는 학생들이 부럽기만 했다. 책상 앞에 앉아보니 공부가 저절로 되는 듯했다. 십 년만 더 젊었더라도 난 아마 이곳에 눌러앉을 생각을 했을 텐데, 구름 잡는 상상을 하며 타임머신을 타고 갔다.

밤늦게 기숙사에 도착한 우리들은 구내식당이 문이 닫혀 있어서 피자를 시켜 먹었다. 모두들 장시간의 여행으로 배가 고팠던지 피자를 맛있게 먹었다. 우리는 내일 모일 세미나 장소와 일정 시간을 서로 얘기하고 다들 자기 방으로 돌아왔다.

낯선 이국이지만 한국과 별다른 느낌과 색채가 나지 않은, 그래서 전혀 내게 낯선 감으로 느껴지지 않은 것은 왜일까. Virginia Tech에 오니 마치 시골의 고향에 온 것 같다. 캠퍼스 잔디밭에서 풀벌레 소리가 들려온다. 반딧불 하나가 어디론가 날아간다. 여름 냄새, 풀냄새, 사람 냄새…. 하늘에는 별빛이 반짝반짝 나를 내려다보고 있다. 나는 그 별들을 세어보기 시작했다.

별 하나에 사랑 하나, 별 하나에 그리움 하나
어느새 별들이 점점 내게서 멀어지고 있었다.
문득 언젠가 써 둔 「별 뜨는 강」이라는 시가 떠올랐다.

별 뜨는 강

홍천은 기다린다
이렇게 별을
어디쯤 뜨고 있을까

뜨고 있기는 할까
혹 오르다가 떨어진 건 아닐까

까만 밤하늘 눈동자들
홍천은 수척해진 얼굴로
하얗게 뒤척이며 흘러가고 있다

셋째 날, Kid Land Child´s Care

　미국 현지시간 아침 아홉 시에 Virginia Tech 안에 있는 콘퍼런스 센터에서 세미나가 시작되었다. 세계 각국의 유아교육계 종사자 및 관심 있는 이들로 콘퍼런스 센터는 가득 찼다. 아마 이백 명은 족히 되리라. 주최 측 총장님과 교수님 그리고 Lab School에서 일하고 있는 교사들이 인사를 했다. 거의 대다수가 서양인들이었고 우리와 같은 동양인은 아주 적었다.

　미국 원어로 시작되는 세미나. 같은 영어라도 조금 알아듣기 쉬운 사람의 말도 있었고 영 알아듣기 힘든 사람의 말도 있었다. 자기네 미국 본토 말로 전문용어를 써서 열심히 말하는 것을 우리들은 도대체 알아들을 수가 없었다. 게다가 한국과의 시차가 열세 시간씩이나 나니 그들이 열변하는 오전 11시 30분쯤 되면 우리들은 거의 다 실눈을 하고 꼬박꼬박 졸고 있었다. 한국 시간으로 밤 12시 30분이다.

　현지 교수님들의 설명이 일차 끝나고 이제 슬라이드를 보여 주며 설명을 했다. 보고 들으면서 이해하는 것은 듣기만 하는 것보다 많이 나았다. 비록 듣기 훈련은 잘 되지 않았지만 슬라이드를 보며 나름대로 노트에 뭔가를 기록하며 정리해 갈 수가 있었다. 새삼 장애우의 고통을 느껴보며 이 무대가 국제무대임을 절실히 느끼고 있었다.

올 때는 이 정도로 국제무대에 올라갈 만큼의 세미나는 아닌 줄 알았는데, 와서 보니 상상 밖이었다. 단순한 유치원 견학과 워크숍 정도가 아니었다. 세계 여러 나라 사람들과 어깨를 견주어 영어로 세미나에 참석, 그룹 토의를 해야 하기 때문이었다. 이때만큼 가슴이 답답해지는 것도 아마 처음일 것이다.

그동안 배워 온 영어가 실전에 참으로 약하게 쓰이고 있었고, 결혼 후 좀 더 열심히 영어 공부를 해두지 못한 것에 후회스러웠다. 이미 알고 있는 영어 단어들은 머리에서 춤추고 있는데 문장이 되어 쉽게 나와 주지 않았다. 어설픈 영어를 써야 한다는 사실이 답답했다. 그것은 우리 일행이 대부분 느끼는 공통분모였다.

문법과 독해 위주로 영어 공부를 해 온 우리로서는 듣기와 말하기가 잘 되지 않아 모두들 힘들어했다. 한국에 가면 영어 공부를 많이 하리라, 매일 다짐하고 있다.

점심 식사 후 세 시 삼십 분부터는 S 교수님과 나뉘어 통역도 없고 듣기도 잘 되지 않는 상황에서 미국의 한 팀과 세미나를 해야 했다. 기대도 되지만 걱정이 더 앞섰다.

Virginia Tech 안에 있는 레지오 에밀리아 Lab School에 견학을 다녀왔다. 다시 콘퍼런스 센터에 가서 워크숍 준비 재료들을 갖고 가서 주제를 정하고 모두 협동하여 Identity를 정하여 다시 소그룹으로 나뉘어 작품을 만들기 시작했다. 우리 일행 전부는 하나 같이 작고 오밀조밀한 재료들을 갖고 가고 있었다. 나는 많은 재료 중에 크고 굵직굵직한 것들을 집어 들었다. 해바라기 꽃과 굵은 나무 작대기, 받침대로 쓸 계란판 모양과 유사한 뒤집으면 마치 제주도의 돌하르방 같은 굵은 통, 색상지, 돌….

아침에 본 슬라이드에서 오늘 가 본 Lab School에서 콘퍼런스 센터 내 꽃병에 있는 해바라기, 나는 오늘 가는 곳마다 해바라기를 보았기에 이미지 연상 때문에 해바라기 꽃과 굵은 나무를 집어 든 것이다. 키가 크고 굵은 해바라기 꽃 아래에 한국의 이미지인 제주도 돌하르방과 한국적 이미지를 담는 여인을 만들고 싶었다. 우리들은 각자 자기가 가지고 온 재료들의 의미와 생각 모으기를 통해 Identity 팀인 나, S 원장님 외, 우리 네 명은 해바라기 줄기의 굵은 막대기에 제주도 돌하르방과 성황당에서 백일기도를 드리는 여인의 모습을 담기로 했다.

미술을 전공하신 S 원장님의 섬세한 손놀림과 다섯 명의 협동 작품으로 성황당은 근사하게 완성되었다. 각 나라에서 저마다 자기네의 작품을 무대 위에 올라가서 발표했다. 우리도 그들과 같이 표현했다. S 교수님께서 그동안 우리들의 언어장벽 이야기와 워크숍 한 '성황당 모습과 제주도의 돌하르방'을 설명하실 때 갑자기 내 몸에서 짜릿하게 떨려오는 전율을 느꼈다.

교수님의 말씀도 조금은 흥분한 듯, 떨리는 듯 목소리도 빨랐다. 우리 그룹 다섯 명은 무대 위로 올라가 성황당에서 무릎을 꿇고 비는 여인의 모습까지 보여 주었다. 많은 외국인들의 우레 같은 박수소리와 환호 소리에 나는 그동안 막혀왔던 가슴 답답함이 이제야 조금씩 뚫리는 것 같은 시원함이 들기 시작했다.

넷째 날, Virginia Tech에서

콘퍼런스 센터에서 내 옆자리가 비어 있었다. 어떤 미국 여인이 와서 내 옆에 앉으려고 했다. 그녀의 양팔엔 책과 핸드백으로 짐이 많았다. 나는 조심스럽게 접힌 의자를 그녀에게 펴 주었다. 순간 그녀는 "Thank You"라고 했다. 작은 것에 감사하고 친절하며 상대에게 칭찬을 아끼지 않는 사람이 많았다. 아침에 처음 보는 사람에게도 "Hi! Good Morning", 조금만 실례해도 "Excuse me" 조금만 감사해도 "Thank You", 그들이 가장 많이 쓰는 세 마디이다.

오전에는 콘퍼런스 센터에서 슬라이드를 보며 레지오 에밀리아 설명을 들었다. 레지오 에밀리아에서 인상 깊은 것은 매일 다큐멘터리 제작을 한다는 점이다. 교사가 직접 아동의 개인 파일을 만들어 주는 게 특징이다. 우리나라와 달리 교사와 아동의 비율이 낮기 때문에 개인 파일 제작이 가능한 일인지도 모른다. 섬세한 교사의 손놀림이 교실 구석구석에 배어있었고 아동 개개인에게 세밀한 관심과 사랑을 보이는 것을 한눈에 알 수 있었다.

▼ Capital Children's Museum 정문에서

Virginia Tech에 있는 Lab school을 오늘 한 번 더 방문하기로 했다. 어제 많은 인원 속에 바쁘게 견학한 Lab school에서 제대로 기억에 남는 게 없어서였다. 두 번 방문해 보니 뭔가가 보이기 시작했다. 오후 여섯 시 삼십 분 콘퍼런스가 끝나고 저녁 식사 후 S 교수님과 우리들은 다시 기숙사 내에 있는 세미나실에 모여 그날 들은 내용을 밤 열두 시까지 요약하고 토의했다.

며칠째 시차 적응이 잘 안 되어 피곤에 지쳐 있어도 강행군으로 열심히 공부하는 우리들은 말 그대로 자랑스러운 한국인이었다.

다섯째 날, 세미나 셋째 날

짧은 일정 속에 추억을 하나라도 더 남기기 위해 나와 L 씨는 콘퍼런스 센터 앞에서 카메라 셔터를 누르며 폼을 잡고 있었다. '하이!' 하며 어제 내 옆에 앉았던 Rosary Lalik이 콘퍼런스 센터로 걸어오고 있었다. 우린 자연스럽게 같이 사진 찍고 마치 오래전 알아온 친구처럼 나란히 옆에 앉았다.

Rosary Lalik은 내게 궁금한 것이 꽤 많았다. 내 노트를 보며 이것이 어느 나라 말이냐, 언제까지 머물 예정이냐 등등 나는 노트에 영어로 대답을 적어 주었다. 비록 콘퍼런스 내용을 듣는 데는 어려움이 많았어도 일상 회화는 그나마 의사소통은 되는 셈이었다. "영어를 한 마디라도 배우려면 영어를 못해도 외국인 한 사람을 붙들고 자꾸 말을 걸어 보라."는 S 교수님의 말씀을 생각하며 나도 내 옆에 앉은 Rosary Lalik에게 이것저것 물었다. 그녀는 버지니아 대학에 교수로 일하고 있고 결혼한 Mrs라고 했다. 미국 방문이 처음이냐, 언제까지 있을 것이냐, 다음 방문지는 어디냐, 다시 미국에 올 계획은 없냐, 이것저것 묻던 그녀는 나와 어느 정도 대화가 되는지 그녀의 주소와 이메일 주소를 내게 주었다.

나는 같이 찍은 사진을 보내겠노라고 하며 갖고 있던 명함을 그녀에게 주었다. 내가 영어 말하기가 약하다고 하자 그녀는 내게 이미 영어를 많이 알고 있다면서 칭찬까지 해 주었다. 그녀는 내게 이메일로 대화하기를 원했다. 앞으로 나의 영어 실력과 컴퓨터 실력이 아마 향상되리라 기대해 본다.

여섯째 날, 세미나 마지막 날

콘퍼런스 개막식은 한국에서 간 우리 팀이 담당했다. Korea란 이름으로 조국을 대표한다는 마음으로 무대에 올라섰다. 네 명이 한 조가 되어 탈춤 '덩~기덕 쿵덕!' 장단에 맞추어 한 명씩 입장했다. 마지막 환희는 한복을 입고 J 선생이 부채춤으로 장식했다. 버지니아에 와서 ①그동안 우리들이 호기심 있었던 것 ②말이 통하지 않아 속상했던 것 ③레지오를 보면서 뭔가 알 듯 말듯한 것들 ④비로소 앎을 깨달은 것 ⑤알고 난 뒤 환희에 찬 것 등을 부채춤으로 마지막을 장식했다. 정말 멋있고 화려한 무대였다.

콘퍼런스 센터에 앉은 수백 명의 세계인들이 기립박수를 치고 환호성을 질렀다. 오후 네 시 삼십 분 마지막 날의 세미나가 끝나고 여섯 시 삼십 분부터는 주최 측인 버지니아 대학에서 저녁 축제가 있었다. S 교수님께서 한복 갖고 온 사람들은 꼭 한복을 입으라고 해서 나와 O 선생, J 선생, H 원장님 네 명만 입게 되었다. 한복은 화려해서 누가 입어도 돋보인다. 한복 입은 우리들은 졸지에 스타가 되었다.

다섯 명의 미국인들이 무대에서 바이올린, 비올라, 첼로, 기타를 연주하고 있고, 우리들은 서양인들 속에 서서 뷔페 음식을 맛있게 먹기 시작했다. 음악과 음식, 대화가 어우러진 곳에서 저녁축제를 끝내고 헤어지기 아쉬운 듯 서로에게 사인을 주고받았다. 많은 외국인 속에 작지만 강한 '한국'을 확실히 알리고 온 것 같아 기분이 좋았다. 나는 이 기분 느낌을 하나의 시로 표현하고 싶었다.

일곱째 날, Boston에서

밤잠을 설치며 새벽부터 움직인 우리들은 새벽 4시 30분 버지니아 대학 기숙사를 나섰다. 보스턴으로 가는 리무진 버스를 기다리기 위해서였다. 버스가 올 때까지 우리는 가로등 불빛 아래에서 체조하며 몸을 풀었다. 추억을 묻어둔 버지니아 대학을 뒤로하고 동이 트기 전에 보스턴으로 향하는 버스를 탔다. 보스턴으로 가는 길은 꽤나 멀고 복잡했다. 피츠버그 공항에 도착하여 다시 뉴욕행 항공편을 이용하였다.

피츠버그 공항에서 아침 아홉 시 삼십 분에 탑승하여 뉴욕에 도착하니 오전 열한 시가 넘었다. 뉴욕 공항에는 INS 여행사 직원인 최 가이드가 흑인 운전기사와 같이 나와 있었다. 뉴욕에서 다시 25인승 버스로 보스턴으로 갔다. 뉴욕에서 보스턴까지는 버스로 다섯 시간 걸렸다. 최 가이드는 기사 아저씨와 자기가 보스턴행이 이번이 두 번째라면서 우리들에게 뭐든 묻지 말라며 둘이서 길 찾는 데만 급급했다. 우리는 졸지에 '묻지 마 관광객'이 되어 있었다.

점심때가 되자 최 가이드는 우리들을 패스트푸드점으로 안내했다. 새벽같이 나선 탓에 밥맛도 없는 데다 화장실 냄새가 지독

한 버스에 시달려서인지 식욕도 나지 않았다. 버스 안에서 잠으로 관광한다는 잠광을 하며 보스턴에 도착하니 해가 뉘엿뉘엿 넘어가는 오후 여섯 시가 되었다. 장장 열 한 시간을 버스와 비행기 안에서 보낸 우리는 피곤함에 모두 지쳐 있었다.

가이드는 우리에게 이십 분간의 시간을 줄 테니 하버드대 안에 들어가서 빨리 사진을 찍고 오라고 했다. 그는 "한국 사람들은 빨리빨리 보고 사진 많이 찍는 걸 좋아하더라."며 우리들을 사진 찍으러 온 줄 아는 것 같았다. 저녁이라 책방과 상가는 일찍 문을 닫았고 일요일이라 하버드대 건물도 전부 문을 닫아 그냥 캠퍼스를 돌며 카메라 셔터만 눌러야 했다. 아쉬움과 후회가 교차하며 지나갔다.

그 유명한 나이아가라 폭포를 포기하고 하버드대학과 MIT 공대 코스를 선택한 결과가 이십 분간 사진 찍기 위한 것이었다니. 코끝으로 스치는 캠퍼스 잔디밭의 풀냄새를 애써 맡으며 보스턴의 아쉬움을 잊기 위해 그룹 사진도 찍었다. 나는 학창시절 캠퍼스에서 친구들과 어울리던 장면이 떠올랐다. 풀냄새 속에서 잊고 있던 옛친구들과 첫사랑이 생각났다.

하버드대학은 세계에서 가장 우수한 대학으로 노벨상 수상자들이 가장 많이 탄생한 학교이다. 1636년에 설립되었으며 처음에는 청교도 목사를 육성하는 대학이었으나 그 후에 종합대학으로 바뀌었다. 창립자는 John Harvard이며 교정 앞에 있는 동상

하버드는 하버드대학에 다니고 있는 보편적인 인물들을 합성하여 만든 동상이라고 했다.

하버드대학의 특징은 입학 문과 졸업 문이 따로 있다는 것이다. 누구나 들어갈 수 있는 대학도, 아무나 졸업할 수 있는 대학도 아닌 그것이 하버드 대학인 것 같다. 나는 그 졸업 문에 매력을 느꼈고 그 입학 문, 졸업 문에 의미를 달리 한 것에 하버드의 정신과 철학이 깃들어 있는 것 같았다.

"여기가 그 유명한 찰스강입니다."

가이드가 말했다. 그는 찰스강을 지나오면서도 우리를 강변에 한 번도 세워주지 않았다. 그는 아마도 감성과는 거리가 꽤 먼 사람 같아 보였다. 나는 찰스강변을 거닐고 싶었다. 어쩌면 우리 일행들은 다 그걸 원하고 있었는지도 모른다.

보스턴에서 주마간산식 관광을 하면서 많은 아쉬움을 느꼈다. 저녁 식사 후 숙소로 가는 길에 가이드는 또 한 번 우리들을 실망시켰다. 그는 처음 예약된 호텔이 아닌 곳으로 안내했다. 보스턴 시내에서 삼십 분 정도 나가는 시골에 있는 호텔은 공사 중인 데다 공중전화도 식당도 없고 그동안 묵은 숙소와는 비교도 안 되었다. 그동안 우리의 눈높이가 높아진 것일까.

이튿날 아침, 식당에 밥을 먹으러 간 우리들은 모두 실망하고 나와야 했다. 작은 식당에는 마땅히 먹을 만한 게 없었다. 우유와 약간의 빵, 커피가 전부인 휴게소 같은 곳, 우리는 간식 같은 것으로 아침을 때우고 꼬박 하루를 굶다시피 했다. 모두들 실망 반 속상함 반이었다.

"식사 잘하셨어요?"

"모두들 식당에 갔다가 실망하고 아침도 안 먹고 방에서 푸념 들 하고 있어요."

"예약한 호텔보다 더 좋은 곳으로 모신다고 그랬는데 나도 이 럴 줄은 몰랐어요."

최 가이드는 해명했다. 우유 한 잔으로 아침을 때운 나는 남들 보다 일찍 호텔 로비에 나가 있었다. 마침 가이드가 인사를 해서 나는 그동안 우리의 여행 과정과 기분을 대충 그에게 말했다. 보 스턴에 오기까지는 만족한 여행이었는데 보스턴에 와서는 불만 족 여행이라고 했다. 그러자 그는 호텔 로비에서 하버드대학에 핸드폰으로 전화를 걸었다. 아마도 하버드대학 내 건물과 도서 관 견학을 위한 예약전화 같았다.

아침 아홉 시에 호텔을 나선 우리들은 보스턴에 있는 The Children's Museum과 재활용 센터에 갔다. 그곳에 도착하니 현 지 유학생이 우리들을 안내하러 나와 있었다. The Children's Museum 앞에는 찰스강이 보였다. 개장 전에 도착한 우리들은 찰 스강과 어린이 박물관 앞에서 사진을 찍고 안으로 입장했다.

박물관 안에는 영역별로 잘 꾸며져 있었다. 가장 인상 깊은 곳 은 과학 영역이었다. 원심력을 이용하여 골프공을 회전시킨 후

밑에 있는 둥근 함에 담기도록 한 것과 바다 생물들을 사람의 키보다 크게 만들어 둔 것, 크고 투명한 볼록렌즈로 바다 밑 풍경을 볼 수 있게 만든 과학 영역, 여러 가지 빈 갑을 전시해 놓고 실제 아이들과 가족들이 슈퍼 놀이를 하고 있는 모형 슈퍼마켓, 모형 부엌 및 주택 재활용센터….

4층에 있는 뮤지컬 센터에서 뮤지컬도 관람했다. 층층을 세밀하게 관찰하고 한국에 돌아가면 우리 아이들에게 많은 것을 보여 주고, 느끼게 해 주리라 생각하며 계단을 내려왔다. 아침에 호텔 문을 나설 때까지 언짢았던 마음이 어린이 박물관을 돌아보고 나서야 서서히 회복되었다.

어제 온종일 차를 탄 것도 아침을 굶고 호텔 문을 나선 것도 이제는 그다지 억울하지도 않았다. 정신적으로 많은 것을 충족시키고 있었기 때문이다.

The Children's Museum 안에 있는 담당 관장님과 교사의 좋은 말씀들을 듣고 우리는 다시 보스턴에 있는 Museum of fine Arts를 견학하러 갔다. 그곳에는 세계 여러 나라의 유명한 화가와 조각가의 작품과 세계 각국의 문화가 집약 전시되어 있었다. 책에서만 보던 명화와 작품들을 직접 볼 수 있어서 안목을 높일 수 있었다.

S 교수님께서 원어로 된 작품 해설을 해 주시니 미술품 관람이 의미 있었다. 아쉬운 게 있다면 사진 촬영을 금지하고 있어 눈으

로만 봐야 한다는 것이었다.

사랑하는 여인이 온몸을 끌어안고 있는 누드 입상화, 파란 바다 앞에서 인물화를 이중으로 클로즈업한 그림, 탁자 위에 엎질러진 술병과 깨진 술잔, 도살장 같은 곳에 소를 잡아 갈빗살이 드러나 있는 그림, 적의 얼굴을 잘라 피를 받고 있는 모습의 그림…. 많은 그림이 인물화였고 유화로 덧칠한 것이었으며, 투박한 액자에서 오랜 세월이 지난 명화임을 알 수 있었다. 미술에 조예가 깊지 않은 나에게도 사진으로 찍은 것처럼 사라지지 않고 각인되어 있다.

아침부터 현지 보스턴대학에 유학 중인 학생이 The Children′s Museum에서부터 보스턴대학까지 안내를 잘해 주어 우리들의 마지막 여행지인 보스턴으로 기분좋게 떠날 수 있었다. 뉴욕이 우리들의 마지막 여행지인데 아마 만족스러운 여행이 될 것 같다.

그 남자

잘 익은 가을을 다 쏟았다

발등이 노랗게 데었다

은행알이 한 방울 두 방울 터진다

가슴속 얼굴이 밟힌다

첫사랑이 발목에 착 달라붙는다

여덟째 날, NewYork에서

뉴욕에 도착한 첫날 밤에 야경과 엠파이어스테이트 빌딩을 관광하기로 했다. 뉴욕의 야경은 정말 볼만했다. 황홀 그 자체였다. 마치 성전처럼 잘 다듬어진 뾰족한 고층 빌딩들. 그 빌딩들 앞에 또 조각처럼 아로새겨 만든 조금 더 낮은 빌딩. 높고 낮은 빌딩들이 멀리서 보면 하나의 예술품으로 합성시켜 완성해 둔 거대한 성전 같다. 황홀한 불빛이 고층 빌딩 사이로 새어 나오고 있다. 잘 다듬어진 입체적인 작품들이었다. 건물들이 내게는 하나의 작품으로 보였다.

40층 이상의 고층 빌딩 숲 사이로 우뚝 솟아있는 예쁜 빌딩, 그것이 엠파이어스테이트 빌딩이었다. 엠파이어스테이트 빌딩은 자유의 여신상과 함께 뉴욕의 상징이며, 세계에서 세 번째로 높은 빌딩으로 102층의 건물이다. 뉴욕에는 보통 40층 이상의 고층 빌딩들이 많으며 세계에서 두 번째로 높은 쌍둥이 빌딩 또한 뉴욕에 있다. 엠파이어스테이트 빌딩은 1929년에 착공하여 19개월 만에 완공된 건물이다.

뉴욕은 1524년 이태리의 탐험가 '지오바니 베라 조나'에 의해 처음 발견되었으며, 발견 당시 태풍 때문에 착륙은 하지 못하고 물러났었다. 뉴욕은 세계인이 가장 많이 섞여 사는 곳이며, 인구는 육백만 정도이다. 뉴욕은 전깃줄이 밑으로 흐르고 있는 게 특징이며 세금을 안 내는 도시이다. 또한 세계 연극, 문화, 경제의 상업도시이며 자유도시이다.

뉴욕의 맨해튼 동쪽에는 이스트강이, 서쪽으로는 허드슨강이 흐르고 있다. 허드슨강 아래에는 해저 터널인 링컨 터널이 있다. 우리는 뉴욕의 야경을 관광하며 ROCKEFELLER 센터 앞에 갔다. 'ROCKEFELLER'는 뉴욕주에 물값을 다 내는 사람이라고 했다. 그의 아버지는 지독한 구두쇠였는데 록펠러는 아버지처럼 살지 않겠다는 뜻에서 뉴욕주의 물값을 자기가 다 내고 있다고 했다.

불빛에 아름답게 빛나는 록펠러 센터 앞 조각상과 대리석에 새겨진 록펠러의 글씨가 희미하게 보인다. 여덟 개 정도의 글귀가 새겨져 있었는데 한 구절이 인상 깊어 옮겨 본다.

"나는 인간이 가진 개개의 각자의 자유를 추구할 수 있고, 행복을 추구할 수 있는 권리를 믿는다. (ROCKEFELLER)"

뉴욕의 화려한 불빛 속에서 우리는 카메라 플래시를 터뜨리며 록펠러 센터 앞에서 사진을 몇 장 찍고 숙소인 홀리데이 호텔로 왔다.

▼ 뉴욕에 있는 쌍둥이 빌딩(1999년 당시)

아홉째 날, NewYork에서

아침을 먹고 자유의 여신상을 관광하기 위해 배를 타러 갔다. 자유의 여신상에 가려면 우리가 묵고 있는 홀리데이 호텔에서 해저 터널인 링컨 터널을 지나야 했다. 뉴욕에 있는 건물들의 특징은 허드슨강을 끼고 강 위에 빌딩들이 있다는 것이다.

뉴욕에는 해저 터널이 네 개가 있다. 자유의 여신상을 관광하려면 배를 타야 했다. 배를 타는 그곳이 옛날에는 감옥소였으나 지금은 배를 타는 터미널이 되었다고 한다. 배를 타는 시간만 왕복 두 시간이 걸렸다. 배가 처음 서는 곳이 자유의 여신상 앞이고 두 번째 서는 곳은 최초의 이민국인 '엘리스 아일랜드'였다. 우리는 자유의 여신상 앞에 내리지 않고 세 번째 배가 멈추었을 때 내렸다. 아쉽게도 자유의 여신상 안에는 들어가지 못하고 배를 타고 주변을 돌면서 관광했다.

자유의 여신상은 1886년 미국 독립 백 주년 기념으로 프랑스에서 '에인절호'를 타고 와서 선물한 것이다. 조각가 브로 골드는 자신의 어머니를 모델로 삼아 자유의 여신상을 만들었다. 자유의 여신상 높이는 밑에 받침대를 포함하여 92미터나 되고, 엄청난 면적의 밑 받침대까지 프랑스에서 갖고 왔다고 한다. 자유의 여신상 조각상 안에 사람들이 엘리베이터로 올라갈 수 있게 만들어 놓아 얼굴까지 올라갈 수 있다는 것이다. 그 여인상 안에는 못 올라갔다는 게 못내 아쉬웠다.

자유의 여신상이 쓰고 있는 관에는 일곱 개의 뾰족한 것이 있는데 이는 일곱 개의 자유의 나라를 의미하며, 자유가 멀리 퍼져 나갔음을 의미하고 있다. 자유의 여신상 왼손에는 성경책을, 오른손은 하늘을 향해 횃불을 높이 들고 있었다. 대낮에도 횃불처럼 반짝거리는 그것은 금으로 만든 것이라고 했다.

나는 상상한다. '자유의 여신상이 샌들을 신고 있는 것으로 보아 조각가 브로 골드가 그 작품을 만들 때 어쩌면 여름이 아니었을까. 성경책을 가지고 있는 것으로 보아 조각가는 신앙심이 깊은 가정에서 자랐을 것 같다.' 자유의 여신상의 저쪽 끝에 퀸스 다리가 보였다.

퀸스는 뉴욕의 독립된 다섯 개 구역 중 하나이다. 우리는 자유의 여신상을 배경으로 연신 카메라 셔터를 눌러댔다.

뉴욕 자유의 여신상을 뒤로하고 우리는 다시 뉴욕의 차이나타운을 지나 유엔 본부로 갔다. 유엔 본부 앞에는 세계 각국의 국기가 꽂혀 있었다. 우리는 저마다 태극기 찾기에 바빴다. 고국을 떠나 봐야 애국자가 된다더니 우리도 그런 셈이다.

유엔 본부 앞에는 총을 구부러뜨려 둔 동상이 상징처럼 세워져 있었다. 세계 평화는 인류의 염원일 것이다. 마음속으로 남북통일을 빌며 저 구부러진 총처럼 세계에 다시는 전쟁이 없었으면 좋겠다고 생각하며 유엔 본부 앞에서 사진을 찍었다.

▼ 유엔 본부 앞에 구부러진 총구

유엔 본부를 지나 요한 대성당을 관광했다. 요한 대성당은 크고 웅장했다. 그곳에서 무릎을 꿇고 기도를 했다. 요한 대성당 안에는 여러 사람의 납골이 안치되어 있었다. 그곳에서 기억에 남는 것은 Keith Haring(1958~1990)라는 사람이 에이즈에 걸려 죽어가면서도 그 성당 안에 쓸 건축물의 일부인 큰 조각품을 다큐멘터리로 제작하여 그 작품을 완성한 후에 죽었다는 것이다. 그의 작품 제작 사진을 보며 가슴 한 구석이 찡해져왔다. 성당 내에 제단 위에 세워진 그의 조각품을 보며 사진 속의 Keith Haring을 보는 것 같았다. '인생은 짧고 예술은 길다'라는 말이 이래서 있는 것일까. 그를 추모하는 기도를 올리고 천천히 성당 안을 나섰다.

저녁이 되자 미스 사이공을 관람한 후 뉴욕의 상징인 엠파이어스테이트 빌딩을 관람하기로 했다. 우리는 엠파이어 빌딩 86층에서 내렸다. 86층에서 야경이 잘 보이고 사진 촬영도 가장 잘 된다고 한다. 엘리베이터는 초고속으로 몇 초 만에 86층에 섰다. 갑자기 귀가 멍해졌다. 고층 건물에서 보는 뉴욕의 밤거리는 아름답고 황홀했다. 세찬 바람이 볼과 옷깃을 스쳤다. 고층이라 기온 차가 있었다.

바둑판처럼 반듯반듯한 뉴욕의 도로와 거리, 이미 오래전부터 미래를 내다보고 계획하여 설계한 건축양식처럼 잘 정돈되어 있었다. 일자로 뻗은 거리에 양쪽으로 고층 건물들이 빌딩 숲을 이

루고 있는 모습이 그림 같다. 우리나라의 도로와 비교되었다. 무
질서한 우리의 도로를 생각하면 속이 상하기도 하고 선진국은
다르구나, 생각했다.

어떤 빌딩은 세모 모양에 어떤 것은 아치형에 각양각색의 조각
품을 전시해 놓은 듯하다. 나는 엠파이어스테이트 빌딩 가장자
리를 돌며 황홀한 빌딩들을 응시했다. 한동안 눈을 뗄 수가 없다.
아름답고 황홀한 뉴욕의 야경을 오래도록 잊지 못할 것이다.

열째 날, 여행기를 마무리하며

 여정은 어느 정도 끝이 나고 있었다. 호텔에서 아침을 먹고 우리는 오늘 뉴욕을 떠나기 위해 JF 케네디 공항으로 가는 길에 유치원을 방문했다. 이곳은 공립유치원이었다. 시에서 보조를 받고 있는 이 유치원은 가정 형편이 어려운 아이들을 주로 돌보아 주는 곳으로 우리나라의 시립어린이집과 유사했다.

 JF 케네디 공항으로 가는 길에 바쁜 시간 속에서 방문한 유치원이었다. 꼼꼼하게 기록을 다 하지는 못했지만 중요한 것은 사진을 찍고 원장님의 말씀을 듣고 우리는 다시 공항으로 이동했다. 가슴속이 꽉 찬 것 같은 만족감이 들다가 한편으로 허전함이 들었다.

 어느새 버스는 JF 케네디 공항에 도착했다. 우리가 탑승할 비행기는 KE082기였다. 오후 한 시, 탑승한 KE082기가 서서히 뉴욕 하늘을 벗어나고 있었다. 팔월 하늘이 저만큼 비껴가고 있었다.

 이번 여행은 내게 오감과 온몸 구석구석을 열게 했다. 나는 갑자기 부자가 된 것 같은 넉넉함과 평온함과 사랑으로 충만되어 가고 있었다.

 8월 2일부터 8월 11일까지, 열흘 동안 S 교수님의 넘치는 사랑을 받았다. 골고루 사랑을 나눠주시는 S 교수님, 정말 존경하는 분이다. 많은 것을 느끼고 깨닫고 내 삶에 많은 밑거름이 되는 콘퍼런스요, 여행 같아 주님께 감사하다. 모든 것들에 감사한 날이었다. (1999)

나의 수필은

수필은 깊은 우물이다
들여다볼수록 깊고, 길어 올릴수록
퍼내야 할 것이 많은,
깊은 우물이다

수필은 촌철살인의 음악이다
마음 밑바닥에 웅크리고 있는
겹, 겹, 겹 속에 둘러싸인
자아상을 흔들어 깨우는 음악이다

수필은 나침반이다
삶이 힘들고 지칠 때
방향을 잡아주는 나침반이다

수필은 여행이다
사색과 독서로 어디든 갈 수 있는
세계 여행이다

나의 수필은 벗이고 동반자이다

에필로그

에필로그

고등학교 시절, 한옥 다락방에서 문학책을 읽으며 꿈을 키웠다
가고 싶은 길목에서 서성이다가 다른 길 걸었다
프로스트의 시처럼 훗날을 위해 한 길은 남겨두었다
오랜 시간 문학을 사랑하며 살았다
한때 놓친 꿈, 어머니로 인해 시인이 되었다
이제 나는 그때 남겨둔 길을 걸어가고 있다

"시를 쓴다는 건 광화문사거리에서 발가벗고 서 있는 것과 같다.
자기를 온전히 벗을 수 있어야 문학을 제대로 할 수 있다."
라고, 언젠가 L 스승님이 말씀하셨다 그러면서
'자기 벗기'가 안 되면 시는 발전하지 않는다고 했다
문학은 인간의 삶을 다루는 것이기에 알몸 같은 나를
드러낼 수 있어야 문학을 제대로 할 수 있다고 한다
소설을 쓰다가 시에 매료되었는데 시는 다양한 비유와 압축,
특히 형식을 파괴한다는 점에서 매력을 느꼈다
나는 틀에 갇히지 않고 자유롭게 쓰는 것을 좋아한다
하지만 글쓰기에 있어서 여전히 어려움은 많다

나를 객관화하려고 노력하는데 쉽지가 않다
감정을 절제하며 쓰려고 하지만 힘들 때가 있다
불편한 진실을 말해야 할 때는 더욱더 그러하다

부족한 글을 세상에 내보내자니 어색하고 부끄럽다
민낯을, 속살을 그대로 상대에게 보이는 것 같다
글이 태어나는 것도 인연과 운명이 있는 것 같다
아프고, 뜨거운 고통 속에서 태어난 자식처럼
언어가 당기는 곳으로 가다 보니 이런 집을 짓게 되었다

나는 사는 날까지 시를 쓰고 싶노라고
타자의 아픔과 슬픔을
대신 울어주는 곡비哭婢가 되겠노라고
당신에게 말하고 싶었노라고

이 글이 누군가에게 편한 벗처럼 다가갈 수 있다면 좋겠다
발문을 써 주신 오서윤(정순) 시인님께 감사 인사드린다.

발문

| 발문 | 뿌리를 꽃 피우는 육화의 정신으로

오서윤 시인, 소설가

詩에세이집 제목이기도 한 「다알리아 에스프리」는 책 한 권의 무게가 오롯이 실린 글이다. 슬프게 번식하는 누대의 아픔을, 다알리아의 보편적 이미지 너머 생애사적 체험을 형상화하여 생명과 의미를 부여하고 있다. 작가가 천착하는 에스프리, 육화의 정신을 엿볼 수 있다. 다알리아를 꽃 피우는 힘은 대상과 자기 일체화를 통한 믿음에서 발원發源한다. 다알리아의 꽃말이기도 한 믿음은 체험이나 간접 경험의 서사가 발아하고 숙고의 시간을 거치면서 획득한다. 다알리아는 한 사람의 일생 중 가장 아프고 슬플 때 피는, 가장 역설적인 삶의 문양이다.

방안은 꽃동산이 펼쳐져 있었다. 휠체어 바퀴 자국 따라 애기똥풀, 산수유꽃이 피었고, 이불 위에는 선홍빛 다알리아와 글라디올러스가 피어 있었다. (…) 휠체어 바퀴 자국에서 애기똥풀이 어느새 다알리아로 변하면서 번져나가고 있었다 (…) 뚝, 뚝, 뗼

어진 붉고 노란꽃물은 노모의 피눈물이었다.

— 에세이 『다알리아 에스프리』 부분

    다알리아는 찔레꽃, 올비, 목련, 꽃물, 무쇠솥, 복숭아 등과 더불어 작가의 페르소나를 짐작케 하는 객관적 상관물이다. 이들은 한결같이 어머니의 몸을 통과했다는 공통점이 있다. 말년의 어머니가 뱉어내는 한 마디 한 마디를 적바림하며 작가는 어머니와 동일시되었다가 마침내 비약의 언어를 직조하며 자신만의 세계를 구축하는 시인으로 거듭 났다. 적극적으로 개입한 관찰자를 시인으로 변모하게 하는 그 지극한 모성은 또 한 번 잉태를 하고 산고를 겪으며 해산한 것에 비유할 수 있다. 어머니의 떨리는 목소리, 흐느낌, 걱정, 회한, 모두가 시였다. 얼마나 슬프며 또 아름다운 모습인가. 작가는 직정的直情的인 가시와 옹이를 만지고 토닥이며 사랑으로 승화하고 있다. 열 달 동안 탯줄로 소통하듯 수없이 발화發話하는 고백을 경청한다. 마침내 해산할 때 그 문장들은 힘찬 울음을 통하여 세상에 존재를 신고한다. 작가의 글들은 어머니의 분신이 아닐 수 없다. 어머니는 위대한 유산을 물려준 것이다. 작가에겐 글을 쓸 수밖에 없는 동기가 되었으며 한편, 그런 상황으로 몰렸다는 것을 의미하기도 한다.

    작가는 어머니라는 영원한 이데아를, 끝나지 않은 이야기를, 은유적 잠언을, 대신 울어주는 곡비처럼 서정적 울림과 메슚진

문장의 향연을 이어가고 있다. 친숙하면서도 두름성 있는 언어는 해토머리*의 마음이며 영혼의 안식처인 케렌시아를 떠올리게 한다.

詩에세이집 『다알리아 에스프리』는 에세이와 시가 번갈아 나온다. 작가는 수필로 문단에 발을 들였으나 시의 매력에 빠지면서 세상이 온통 시로 보였다고 고백한다. 작가가 에세이에서 토로하는 내면의 고백은 격정의 호흡이 여과되면서 맑고 빛나는 시편들을 건져 올린다. 시적 대상과 하나가 되어 몰입하지 않으면 얻을 수 없는 결과물이다. 작가가 이야기하고자 하는 서사가 생명과 함께 신비한 힘을 얻는 순간이다. 서로 배경이 되고 배후가 되면서 안과 밖이 풍성해진 삶의 이면들이 교감하고 수렴하며 성찰과 형상화의 미학을 견인한다. 뜨거운 국물을 부었다 따랐다하며 데우는 행위인 토렴이 떠오른다. 작가는 한과 통증을 진술과 묘사의 온도를 높여가면서 스스로는 물론 타인까지 구원과 치유를 담당한다.

흔히 문학을 상처에 핀 꽃이라고 한다. 이 그악한 역설을 설명하려면 사물을 호명하고 환기할 때 아픔의 깊이가 농익은 공명으로 울려야 한다. 작가가 시로 표현할 수 있다는 것은 치유가 가능하다는 뜻이다. 통증은 자생력이나 외부에서 투여하는 약

---

* 봄이 되어 얼었던 땅이 녹아서 풀리기 시작할 때.

물로 치료가 가능하듯 글쓰기의 미덕이 치유라면 작가는 소임을 다하고 있는 것이다.

『한밤중에 잠 깨어』는 다산이 유배지에서 아내와 자식들을 그리워하며 지은 한 시집이다. 작가는 「부치지 못한 편한 다산의 편지」라는 부제의 시로 시공간을 초월한 감동을 표현한다. 더 나아가 작가는 부모님을 향한 안타까운 마음을 토로하며 자신의 진심이 전달되지 못한 현실의 문제를 떠올린다.

세자 책봉 문제로 임금에게 직언하다
남해로 유배당한 충신 김만중 신세나
부모 봉양 문제로 형제에게 직언하다
한밤중에 다섯 번이나 내쫓긴 충직한 내 신세나
—「매화가 나에게」 부분

마찬가지로 작가는 『토지』를 읽고 등장인물인 용이와 월선이의 이루지 못한 사랑을 「쉰대부채춤」, 「그거 다 거짓말이제?」이란 시로 그 절절함을 노래한다.

"자이滋伊가 인자 시집보낼 때 다 됐네. 우리 시댁 앞집에 사는
이가 그리 부자고 양반이다. 마당만 빌려 주마 된다 카이 자이도
인자 시집보내라." 카는기라. (…) 일찍 시집 보내면 명을 늘인다

캐서 일찍 시집을 안 보냈나. (…) 너그 아부지 선 보고 시집왔으
면 내가 왔겠나? 키도 쪼맨하고 얼굴도 못났는데. 언변은 변호사
같이 좋더라만 (…) "아버님, 형님 앞에선 제 칭찬하지 마시이소.
맏며느리 앞에서는 맏며느리 좋다 카고 칭찬하시이소. 그래야 형
님이 아버님 좋다 캅니다." 캤다.

― 「마당만 빌려주소」 부분

　마당은 어머니의 페르소나이자 삶이다. 마당은 어머니 그 자
체이며 한 사람의 생이 확장하면서 공동체가 된 장소이고, 지난
한 생의 시작점이며 마감하는 곳이기도 하다. 수많은 일들과 사
람이 마당에 나타났다가 사라졌다. 삶과 삶이 얽히면서 인연은
기구한 멍에를 짊어진 삶 전체가 되고 만다. '산 사람이 어른이지
조기 내가 다 묵었다'(시 「찔레꽃조기」 중에서)처럼 시아버지의
며느리 사랑과 신랑을 군대에 보낸 신부의 찔레꽃 순정, 손위 동
서의 된비알 같은 혹독한 시집살이를, 마당은 신명나고 질펀한
삶의 애환을 목격한 산 증인이다. 시 「마당만 빌려주소」에서 '시
건'이라는 낱말이 나온다. 경상도 사투리로 나이에 비해 성숙하
며 책임감이 강하다는 뜻이다. 정겹고 돌올한 이 말은 작가 어머
니의 성품으로 작가가 고스란히 물려받았다. 그것은 뿌리의 정
신일 것이다.

자고 나면 번지고 자고 나면 커지고

뽑아도 자라고 찍어도 내리고

(…)

네 뿌리를 잘라 먹으며 가난을 캤다

(…)

목숨보다 질긴 올비를 캤다

　뿌리 하나 뽑는데 한 생애가 지나갔다

　―「올비」부분

캐면 캘수록 악착같이 올라오는 누대의 슬픈 역사는 올비처럼 계속 번져간다. 그러나 캐도 캐지지 않는 슬픈 번식에 맞서는 어머니 일생 또한 올비처럼 강인하다.

인간의 본질을 겨냥하는 작가의 글엔 진솔함, 예리함, 따스함, 안타까움 등 모든 감정이 녹아있다. 안과 밖, 이면을 우회하면서 외연을 확장한다는 의미이다. 에세이 「길동무」만 보더라도 그렇다. 기차에서 옆자리에 앉은 노인을 통해 자신이 맹인이라는 것을 발견한다. 대상을 향해 열려있는 작가의 심안이 미덥다.

눈여겨보지 않으면 안 보일 안내판

맹인은 그녀가 아니고 나였다

눈 뜬 장님이었던 나는

그 안내판을 눈으로 오래 더듬고 있었다

　　　―「맹인」 부분

　작가는 자신을 발가벗지 않으면 글을 쓸 수 없다는 스승의 말씀을 죽비처럼 명심하고 있다. 비록 자신의 치부나 가족사라 해도 낱낱이 밝혀야 하는 고통을 거치면서 문학으로 승화한다. 그런 면에서 작가는 몸으로 쓰고 꽃을 피우는 작가이다. 그 뜨거운 내면은 작가의 태생적 질료이며 글감이 싹 트고 발화하는 원동력이다.

　　　이상의 「오감도」와 「날개」, 알베르 카뮈의 『시지프스의 신화』도
　　그때 처음 읽었다. 당시 여러 시인의 시집을 읽으며 문학의 꿈을
　　키웠다. 다락방에서 쪽문을 열고 밖을 내다보면 꽃밭에서 그윽한
　　꽃향기와 밥 냄새가 코끝을 스치며 들어왔다.
　　　―「아버지의 집」 부분

　자신을 투영하는 페르소나를 볼 때 작가의 출발점은 인간이다. 인간은 피와 살이 있는 대상과 소통하고 교감할 때 그 진가를 발휘할 수 있다. 에세이 「아버지의 집」을 보면 20년을 살았던 집에서 작가는 문학을 향한 감성과 꿈을 키운다. 문학은 곧잘 집을 짓

는 행위에 비교된다. 문학의 몸을 세우는 일이다. 글 말미에 아버지는 지붕이었다는 고백이 나온다. 인간에게 충실하다는 것은 결국 삶의 굴곡점과 기울기를 곡진한 사랑으로 표현할 수밖에 없다. 작가의 첫 시집 『문에도 멍이 든다』(현대시학, 2021)을 언급하지 않을 수 없다. 부모님께 헌정한 시집으로 세상의 자식들을 향한 일침까지 포함하고 있다. 우리는 그 책무에 관해서는 항상 부족하고 마음이 아프다. 그 연결고리는 유한해서 어느 순간 손 닿는 곳을 벗어나기 때문이다.

> 새로운 창窓이란 보이지 않는 이면의 세계에 대한 관심이라 할 것이다. 그 창窓으로 이면의 세계를 넓히는 것이 아닐까. 조금씩 그러한 눈으로 열려가고 있다. 눈은 몸뿐 아니라 정신의 창窓이다. 새로운 발견과 기쁨을 보고 느끼는 하나의 창窓 . (…) 작가의 창窓 은 늘 맑고 밝게 닫혀 있어야 한다. 언제든 어디서든 어떤 것을 담을까 긴장을 늦추지 않고 고심해야 한다. (…) 세상과 자연의 소리, 보통 사람이 보지 못하는 사물의 이면까지도 담아내는 그런 작가의 맑은창窓을 만들어야겠다.
> ─「작가의 창窓」 부분

에세이 「문학의 안내자」에서 작가는 북한강을 걸으며 어린 시절 감동과 영감을 준 S 소설가를 떠올린다. 개망초꽃 닮은 그녀,

나를 문학의 길로 안내해 준 당신에게 고마움을 올리며… (시 「북한강에서」)라는 시로 그녀를 추모한다. 작가는 S 소설가의 작품 속 삶과 가치관을 통해서 진정성을 느꼈다고 했다.

> 삼 대에 걸친 증조할아버지의 자손은 모두 304명이었다
>
> (…)
>
> 　한 마을에서 증조할아버지가 태어나고 할아버지가 태어나고
> 아버지가 태어나고 내가 태어났다 마을 하나가 태어났다 한 마을
> 이 태어난 것은 대륙 하나가 태어난 것이다
> —「대륙」 부분

　시 「대륙」은 성경의 계보를 연상하게 한다. 아브라함이 이삭을 낳고 이삭은 야곱을 낳고 야곱은 유다와 그의 형제들을 낳고… 이 계보는 생육하고 번성하라는 거룩한 사명을 부여하고 있다. 시작은 미약했으나 그 끝은 창대하리라는 축복의 암시이며 가지가 울타리를 넘는 영역의 확장을 의미한다. 이 광대한 대륙은 작가가 품어 안는 시적 서사의 근원이며 뿌리이다. 작가는 304 중의 한 명이지만 모두의 이름이며 글을 일구고 가꾸는 세계관이다.

> 첫째를 낳고 상진이 엄마
> 둘째를 낳고 승표 엄마
> 셋째를 낳고 광표 엄마

넷째를 낳고 임숙이 엄마

다섯째를 낳고 정표 엄마

팔순 노인이 되자

드디어 요양원에서 찾게 된 이름

오얏 이李, 불을 자滋, 저 이伊,

──「이자이李滋伊」부분

내 머리가 고장 났네/ 내 머리가 고장 났어//

자식 흉을 안 봤는데/ 자꾸 술술 나오니까/

암만해도 내 머리가/ 고장 난 게 틀림없어//

팔십 평생 살아오며/ 자식욕을 안 했는데/

암만 해도 내 머리가/ 고장 난 게 틀림없어

──「고장 난 내 머리」전문

　이자이 님은 작가의 어머니시다. 두 편의 시엔 아픈 가족사가
배어 나온다. 가족의 이름 중에 시니컬한 독설과 아이러니가 숨
어 있다. 슬픈 반전이 아닐 수 없다. 아픔을 형상화하려 아픔을
뚫고 나와야 한다. 내 머리가 고장났다며 모든 탓을 자신에게 돌
리는 이 지혜가 가득하고 웅숭깊은 은유는 너무 애틋해서 가슴
을 울린다.

작가는 붓의 힘을 철저하게 믿는다. 글로 세상을 변화시키는 문학의 미덕을 몸소 실천하고 있다. 진정한 삶의 가치, 올곧은 사고, 정의감이 점차 퇴색해져 가는 세상에 작가는 홀연히 일어나 자신의 목소리를 낸다. 거짓이 없이 순수하면서 불의와 타협하지 않는 작가의 글은 쾌감을 주면서 대리만족을 충족시킨다. 글을 쓰는 사람이라면 타인의 아픔과 슬픔을 대신 울어줘야 한다던 작가의 말과 행동이 일치하는 한 면을 보여준다.

> 내면에 있는 억압된 감정과 상처가 치유되고 희열을 느끼기도 한다. 그녀는 시가 그녀뿐만이 아닌 다른 사람을 구원하고 있다는 것을 새삼 느끼고 있다 (…) 시인은 타인의 아픔과 슬픔을 대신 울어주는 사람이라는 말처럼 그녀는 그 시를 쓰기 전부터 완성할 때까지 가슴이 아팠다. 그 후 순덕이는 마음에 무거운 짐을 벗게 되었고 목소리도 밝아졌고 우울에서 벗어난 것 같았다. (…) "네가 농약 먹고 자살 시도한 내용 주변 사람들에게 알려져도 괜찮겠어?"
> "괜찮아요. 선배, 이제는 시 속에 인물이 누구냐고 물으면 그 사람이 '나'라고 말하러 나갈 수도 있어요."
> ─「시 한 편이 누군가를 울릴 때」부분

시「쉰다섯의 순덕이가 열다섯의 순덕에게 ─ '늘춘이' 순덕이를 위하어」는 쉰다섯의 순덕이와 열다섯의 순덕이가 대화를 통하여 내면의 평정과 자유를 찾아가는 내용이다. 작가의 고향 후배이기도 한 순덕은 어릴 적 부모의 무지에서 오는 무관심과 편견, 오빠의 학대로 어둠에 갇혀 있는 인격체이다. 순덕은 작가와 상담을 하면서 트라우마를 극복하고 세상을 향해 자신의 정체성을 찾아간다. 글을 쓰는 사람에게 이보다 보람 있고 감격스런 순간은 드물 것이다.

그룹홈을 배경으로 쓴 자전적 소설 「별들의 목소리」는 주목받을 만하다. 그룹홈은 어려운 환경에 처한 노숙자, 장애인, 가출 청소년 등이 자립할 때까지 자활을 도와주고, 가족 같은 분위기에서 공동체 생활을 할 수 있게 만든 시설, 또는 그런 봉사 활동이나 제도를 말한다. 원장 J는 소외되고 연약한 아이들을 위해 폭력과 비리에 맞서다가 C 그룹홈 대표에게 부당해고를 당한다. 작가는 명예욕, 권력욕, 탐욕에 가득 찬 대표를 동물 농장의 하이에나로, 자신의 안위를 위해 양심을 속이는 사회복지사를 대머리수리로 묘사한다. 그곳은 힘이 없으면 잡아먹히는 약육강식의 정글이나 다름없었다. 별처럼 순수한 영혼을 가진 아이들은 폭언과 폭행으로 짓밟히며 이름과 목소리를 잃어간다. J는 부당해고 후 그들의 비리와 아이들 학대를 고발하는 글을 카카오스토리에 올린다. 그러나 오히려 C 그룹홈 대표는 명예훼손으로 J를 고소한다. J는 타성에 젖은 행정과 강압적인 제도에 고군분투

하며 진실을 밝힌다. 이 자전적 소설엔 감동적인 서사와 함께 진실이 승리한다는 메시지가 있다.

미국 여행기를 살펴보면 작가가 얼마나 자신의 일에 열정을 가지고 임하는지 짐작하고 남는다. 일기처럼 세밀하고 치밀하게 일정을 기록하고 자신의 느낀 점을 적고 있다. 발로 직접 뛰는 체험은 글을 쓰기 위한 질료이다. 글과 생활이 일체가 되는 작가의 신념에 박수를 보낸다. 에필로그의 마지막 부분을 인용하며 글을 마친다.

> 나는 사는 날까지 시를 쓰고 싶노라고
>
> 타자의 아픔과 슬픔을
>
> 대신 울어주는 곡비哭婢가 되겠노라고
>
> 당신에게 말하고 싶었노라고
>
> ─「에필로그」 부분

수록작품 발표지면
함께 읽은 책

1부 다알리아 에스프리

「꽃물」, 시집 『문에도 멍이 든다』 현대시학, 2021

「매화가 나에게」, 시집 『문에도 멍이 든다』 현대시학, 2021

「다산의 편지」, 《에세이스트》 2022. 9~10

「매괴화 두 송이 — 아내에게 부치는 다산의 편지」, 《서정시학》 2020. 여름호

「툇마루에 걸터앉아 달을 보며 — 부치지 못한 다산의 편지」, 《인간과문학》 2021. 가을호

「올비」, 《시마을문예》 2022년 여름호

「찔레꽃조기」, 시집 『문에도 멍이 든다』 현대시학, 2021

「아버지의 집」, 《수필세계》 2022년. 겨울호

「길동무」, 《에세이스트》 2021. 9~10

「무쇠솥의 밥 한 숟가락」, 《한국수필》 2013. 11월호

「무쇠솥」, 시집 『문에도 멍이 든다』 현대시학, 2021

「스마트폰」, 《에세이스트》 2022. 3~4

「버리기 연습 중이다」, 《좋은수필》 2022. 6월호

「무등산 노트」, 《選수필》 2021. 겨울호

「바퀴를 따라서」, 《창작산맥》 2022. 여름호

「늦가을 들판을 바라보며 — 아내에게 부치는 다산의 편지」, 『애지』 2021. 겨울호

2부 목숨 한 잎

「이자이李滋伊」, 시집 『문에도 멍이 든다』 현대시학, 2021

「작가의 창慮」, 《모던포엠》 2021. 12월호

「목숨 한 잎」, 《選수필》 2023년 봄호

「사친별곡思親別曲 1」, 시집『문에도 멍이 든다』현대시학, 2021

「북한강에서」, 시집『문에도 멍이 든다』현대시학, 2021

「번개엄마」,《모던포엠》2021. 10월호

「쉰다섯의 순덕이가 열다섯의 순덕에게— '들춘이' 순덕이를 위하여」,《모던포엠》2022.
12월호

• 함께 읽은 책

김윤규,『다산茶山 장기 유배 문학 산책』, 포항문화원, 2013

이상준,『영일 유배 문학 산책』, 포항문화원, 2012

정민,『한밤중에 잠 깨어, 한시로 읽는 다산의 유배일기』, 문학동네, 2015

정약용 저 박지숙 엮음『유배지에서 보낸 정약용의 편지』, 보물창고, 2015

박주병,『수필로 쓴 정약용론 다산의 여자』, 학고재, 2013

박경리,『토지』, 나남출판사, 2009

詩에세이집
다알리아 에스프리

초판 1쇄   2023년 6월 27일
지은이   정여운
펴낸이   반송림
펴낸곳   도서출판 지혜
주 소   34624 대전광역시 동구 태전로 57. 2층 (삼성동)
             도서출판 지혜
전 화   042-625-1140
팩 스   042-627-1140
이메일   eji@ji-hye.com
             ejisarang@hanmail.net
애지카페   cafe.daum.net/ejiliterature

ISBN   979-11-5728-507-5   03810
값   13,000원

정 여 운

정여운鄭餘芸 시인은 대구에서 태어났다. 숙명여대 교육대학원 유아교육학과를 졸업했으며 중앙대 예술대학원 문예창작전문가과정을 수료했다. 2013년『한국수필』로 수필, 2020년『서정시학』에 시로 등단했다. 2019년 불교신문 10·27법난 문예공모전 산문 부문 대상을 받았으며, 시집『문에도 멍이 든다』(현대시학, 2021), 詩에세이집『다알리아 에스프리』(지혜, 2023)가 있다.

이메일: ywpoem79@daum.net